Sebastian F. Dancon

Die lustigen Begebenheiten des Herzogs von Roquelaure

Sebastian F. Dancon

Die lustigen Begebenheiten des Herzogs von Roquelaure

ISBN/EAN: 9783742874177

Hergestellt in Europa, USA, Kanada, Australien, Japan

Cover: Foto ©Raphael Reischuk / pixelio.de

Manufactured and distributed by brebook publishing software
(www.brebook.com)

Sebastian F. Dancon

Die lustigen Begebenheiten des Herzogs von Roquelaure

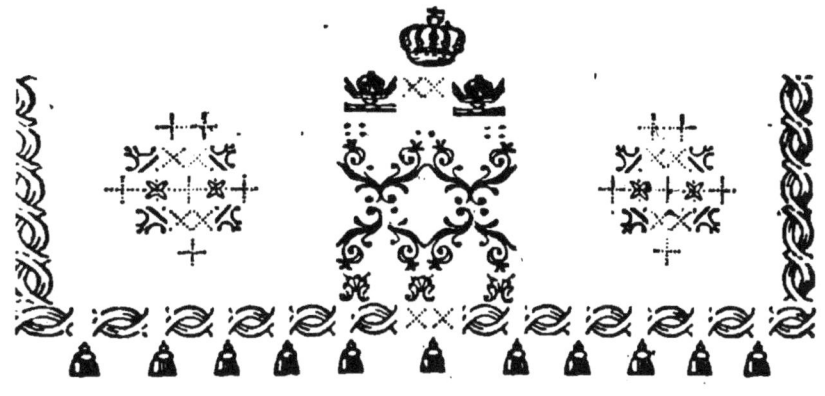

Vorbericht des Uebersetzers.

Geneigter Leser!

Der Herr von Roquelaure ist allzu bekannt, als daß ich nöthig hätte,
eine genaue Beschreibung von ihm mitzu-
theilen, zumal mir der Französische Ver-
faßer dieses Tractätgens die Mühe erspah-

ret;

Vorbericht.

ret, und eine Abschilderung von diesem be-
rühmten Manne geliefert hat.

Da viele Personen, diese Schrift wegen ihrem ergötzenden Innhalt in deutscher
Sprache zu lesen, gewunschen haben; so
habe solche hiemit in derselben herausgeben
wollen, dieweil sie vielen Leuten zur Belusti-
gung dienen kann.

Weil aber der Mensch noch nicht gebohren,
dessen Arbeit jedermann gefällt, so glaube, daß
manche Begebenheiten hierinn zu finden,
die verschiedenen Lesern, insonderheit Personen des schönen Geschlechts, anstößig
scheinen werden: da aber solche in der
Ur-

Vorbericht.

...rschrift gestanden, und entweder mit der ...orhergehenden oder nachfolgenden Geschich... ...e meistens in einer Verknüpfung seyn, so ...ätte dergleichen ohne Verstümmelung nicht ...wohl ausgelassen werden können. Es sind deswegen in dieser deutschen Herausgabe, alle Stellen die die Unschuld beleidigen könn‑ ten, mit größtem Fleisse umschrieben wor‑ den, damit solche um so mehr unanstößig seyn möchte.

Ich habe nun nichts mehr zu erinnern, als daß, gleichwie man in allen Arten von Schriften etwas lehrreiches findet, auch hier was nützliches gefunden werde, da das Sinn‑ reiche mit dem Scherzhaften vereiniget ist.

Uebri‑

Vorbericht.

Uebrigens habe die schmäuchelhafte Hofnung, der geneigte Leser werde sich diese zu
seinem Vergnügen unternommene geringe
Arbeit nicht mißfallen laßen, und günstig
verbleiben

Dem Ueberseßer.

Abschil-

Abschilderung
des
Herzogs von Roquelaure.

Dieser Herzog hatte kleine schwarze Augen, die man gemeiniglich Schweinsaugen nennet, und dicke und breite Augenbraunen. Seine Farbe war bräunlich, die Nase aber plat und eingedrückt, dergestalt, daß man sie kaum gesehen hätte, wann nicht zwey beständig von Toback beschmierte Nasenlöcher in das Gesicht gefallen wären. Mit einem Wort, man kann diese Nase mit nichts besser vergleichen, als mit der Nase eines schönen Bologneser Hundes, welche überdieß einen Gestank von sich gab, den alle wohlriechende Tobacke, die er schnupfte, nicht vertreiben konnten. Sein Gesicht war breit, der Mund groß und die Backen aufgeblasen; er selbst aber so klein, daß er fast einem Zwergen gleichte, dann wann man ihm die Absätze von den Schuhen, auf welchen er wie auf Stelzen einher gienge, nebst seiner grossen Peruque, die ihm noch einiges

Anse-

Anſehen gabe, hinweggenommen hätte, würde man
ihn vor ein Spannhohes Männchen gehalten haben.

Im Gegentheil aber konnte er ſich damit ſchmäu-
cheln, daß er ſo ſchöne Hände hatte, als jemand in
Frankreich; ſie waren weis, klein, zart und fleiſchicht. Er hatte einen ſehr aufgeweckten Humeur,
der verurſachte daß er ſatyriſch, luſtig und ſcherz-
haft ware; ſeine Manieren ſind höflich, einnehmend,
leicht und edel geweſen und ſeine Gebärden lebhaft und
heftig. Er war ſcharfſinnig und boßhaft und blieb
nie eine Antwort ſchuldig. Die Liebe war ſeine geringſte Leidenſchaft nicht; alle Ergötzlichkeiten liebte
er bis zur Schwelgerey, ja manchmal bis zum Ueber-
fluß. Er ware ſo tapfer als ein Soldat, und ſo
großmüthig als ein Fürſt. Seinen Freunden dienete
er gerne, inſonderheit mit Worten, dieweil er aus
der Nachbarſchaft der Garonne gebürtig ware, welches alles iſt, was man dießfalls ſagen kann. Zu
Stachelreden ware er am meiſten geneigt, die er oft
ſo weit triebe, daß ſie zur Verläumdung ausarteten.
Schließlich kann man ſagen, daß bey ihm viele
ſchöne und böſe Eigenſchaften vereiniget geweſen.

Die

Die erste Begebenheit.
Der Korb mit den Pfirschen.

Als dieser Herzog, der jederzeit aufgeräumt ware,
sich einstens in dem Vorzimmer der Königin befande, wo er mit den EhrendamenScherz zu treiben im
Brauch hatte, begegnete ihm mit denselben etwas,
das ihn dem ganzen Hof zum Gelächter machte, und
das ihn reizte, sich, es möchte kosten was es wollte,
zu rächen; welches er also ausführte. Er liesse allenthalben gewisse Zettelchen anheften, durch die er bekannt machte, daß die Ehrendamen der Königin sich
gewisser Werkzeuge von Sammet, statt der natürlichen, bedienten, weil sie, wie er sagte, viel zu
heßlich wären als daß jemand aus Mitleiden ihnen
seine Dienste antrüge; und wie er seinem Vorhaben vor
zuträglich erachtet, den Entwurf auszuführen, ehe
das Gerücht den Innhalt seiner Zettelchen ausbreite-
te, so liesse er eine Anzahl solcher Instrumente, von
der Grösse und Dicke, wie er vor eine jede dieser Damen am gemäffesten hielte, verfertigen. An jedes dieser nützliche Werkzeuge vorstellender Instrumente heftete er ein Billet, worauf der Name des Frauenzimmers dem es bestimmt ware, mit grossen Buchstaben ge-
schrieben stunde. Nachdeme dieses geschehen, nahme er
ein Instrument von einer ausserordentlichen Grösse zu
sich, und ein Bedienter muste ihm mit einem Korb nach-
folgen, einen andern aber sande er zu allen seinen Freun-

ben, um sie zu bitten, daß sie, wann sie ihn einen
von seinen gewöhnlichen Streichen wollten spielen sehen, sich alsobald in Jhro Majestät der Königin Vorzimmer einfinden möchten.   Diese unterliessen nicht
sich der geschehenen Einladung gemäß an dem bestimm-
ten Ort einzufinden, und kamen mit dem Herzog zu
gleicher Zeit daselbst an.

Die Damen, denen der Herr von Roquelaure
einen so empfindlichen Streich zu spielen Willens ware, argwohnten nichts dergleichen, und beschäftigten
sich ganz ruhig mit verschiedenen kleinen Arbeiten: die
Gegenwart des Herzogs und seiner Freunde konnte
ihnen auch keinen Verdacht erwecken, da sie das Vorzimmer beständig voll Leute zu sehen gewohnt waren.
Der Herzog ware nicht wenig erfreut, diese Frauenzimmer in einem seinem Vorhaben so günstigen Zustand anzutreffen, nahm dahero seine Zeit in Acht,
und näherte sich der, die er am meisten beschimpfen
wollte, auf eine sehr höfliche Art, und heftete sein in
der Tasche habendes Jnstrument so geschickt zwischen
die Falten ihres Mäntelchens, daß es niemand gewahr wurde.

Hierauf gab er der unbekannten Person, die er be-
stellt hatte, ein Zeichen hervor zu tretten, diese kame
bald darnach mit dem oberwähnten Korb zum Vorschein und meldete dem Hof-frauenzimmer die Com-
plimente einer gewissen Gräfin, mit dem Zusatz, sie
sollte im Namen ihrer Gebieterin denenselben ein kleines Geschenk von Pfirschen überreichen.   Auf das
Wort Pfirschen sprangen alle Damen von ihren Stü-
len

len auf, und eilten nach dem Korb, von der Schönheit der über die Werkzeuge von Sammet vortreflich
rangirten Frucht ganz eingenommen. Eine die vor
andern leckerhaft ware, nahme an keine Betrügerey
gedenkend, den Korb in schneller Eil und stürzte ihn
in ihre Schürze um, damit sie die Theilung vorneh-
men könnte; wie bestürzt wurde sie aber nicht als sie
die Augen in ihre Schürze warf und die grosse Instrumente erblickte! Ihre Gespielinnen wurden dieselbe fast so bald als sie gewahr, und betrachteten eine
die andere lange Zeit ohne ein Wort vor Entsetzen sagen zu können. Nachdem sie aber sahen, daß sie
hinter das Licht geführet worden, erhuben sie ein groß
Geschrey. Die Austheilerin ließ die Schürze nieder-
fallen, und verschüttete den ganzen Kram; alle Damen aber liefen wie Närrinnen und eine vom Wolf
verjagte Heerd Schaafe nach dem Zimmer der
Königin, die ihren Beichtvater bey sich hatte; sie
waren so bestürzt, daß keine reden konnte, obwol
Ihro Majestät zum öftern fragte was sie verlangten.
Der Beichtvater hielte sie vor Besessene, und eilte
schon nach dem Weyhwasser um den bösen Geist zu
beschwören: als sich endlich eine erholte und aus allen Kräften schrie: Rache, Rache; hierauf erzählte sie der Königin mit wenig Worten, den ihnen
gespielten empfindlichen Streich, wie auch, daß sie
mit einem so schönen Geschenk beehret worden. Diese Prinzeßin, die über den geringsten Anschein eines
Uebels gleich erschracke, nahme dieses sehr zu Herzen, und versprache denen Damen von diesem Vorfall mit dem Könige zu reden, um ihn zu bewegen: den
Urheber dieser abscheulichen That nachdrücklich zu
                                                    stra-

ſtrafen; als nun der Beichtvater ſein geheiligtes
Waſſer weggeſtellt, und die Königin noch einige Zweif⸗
fel hatte, wie ſie ſich gegen ihren Gemahl von dieſer
Sache ausdrücken wollte, beurlaubte ſie die Kläge⸗
rinnen, welche nach einer tiefen Ehrbezeugung an ih⸗
ren erſten Ort, das iſt: in das Vorzimmer, zurück
kehrten.

Man hat niemals erfahren können, was dieſe Da⸗
men mit den ofterwähnten ſammtnen Inſtrumen⸗
ten vorgenommen; wann ſie aber von der Gemüths⸗
beſchaffenheit, die ihnen der Herzog beygeleget, gewe⸗
ſen, ſo iſt kein Zweiffel, daß ſelbigen das Geſchenck
nicht ſehr angenehm ware, und ſie ſich deſſelben bey
Zeit und Gelegenheit nicht bedienet hätten. Dem ſey
nun wie ihm wolle, der Herzog hielte nicht vor rath⸗
ſam einen Zeugen des Endes dieſes comiſchen Auf⸗
tritts abzugeben, dahero begabe er ſich mit ſeinen
Freunden an einen andern Ort, um daſelbſt in Frey⸗
heit über dieſe Kurzweil lachen zu können, und in we⸗
niger als einer Stunde erfuhr der ganze Hof alle Um⸗
ſtände dieſer luſtigen Begebenheit. Aufgeräumte
Leute ergötzten ſich hierüber, die Andächtige aber
konnten nicht aufhören über den Urheber dieſes Luſt⸗
ſpiels zu ſchänden, welches jedoch nicht verhinderte
daß folgende Verſe gemachet und von allen muntern
Leuten öffentlich abgeſungen worden wären; ja man
ſagte ſogar, daß der Herr von Roquelaure der Ver⸗
faſſer derſelben geweſen ſeye. Dieſe Verſe lauten
alſo:

Jean-

Jeanneton de tous les fruits
N'aime que les Pêches,
Quand on lui porte de v..
Tout aussi-tót elle dit,
Des Pêches, des Pêches.

Zu Teutsch könnte es also gegeben werden:

Hanna ziehet allen Früchten, nur allein die Pfirschen
für,
Sobald man ihr M... zeiget, ruffet sie: bringt Pfir,
schen mir.

Wie man siehet, so ware hier der Scherz bis zur
Uebermaaß getrieben; dann der Herzog hätte mit
dem gespielten Streich zufrieden seyn, und es dabey
bewenden lassen sollen. Wir werden aber aus der
folgenden Begebenheit ersehen, wie er davor gestraffet
worden.

Die zweyte Begebenheit.
Der König verbietet ihm die Französische Lande. *)

Unterdessen da die Königin wegen den Grobheiten
die der Herr von Roquelaure ihren Ehrendamen
erwiesen, sehr zornig ware; suchte sie Gelegenheit
mit

*) Da das Artige dieser Begebenheit in einem blosen
Wortspiel bestehet, so ist nöthig zu bemerken, daß
das Wort Terre im Französischen Lande und auch
Erde bedeute; im ersteren Verstande nahme es der
König, in dem andern aber der Herr von Roquelaure.

mit dem König von dieſer Sache zu reden, weil ſie
ihren Worten Kraft geben wollte, indem ſie dem
beleidigten Frauenzimmer eine nachdrückliche Genug=
thuung verſprochen hatte. Als ſie nun mit ihrem Kö=
nigl. Gemahl zu reden kame, erzählte ſie ihm die
ganze Begebenheit mit ſolchem Nachdruck, daß ſie
die verhaßteſte Gegenſtände noch zu vergröſſern nicht
vergaſſe, damit ſie den König eher bewegen möchte,
eine That, durch die, wie ſie ſagte, ihre eigne Per=
ſon angegriffen worden, recht nachdrücklich zu beſtraf=
fen.

Der König konnte ſich nicht gleich entſchlieſſen, was
er vor eine Parthey ergreifen ſollte, weil er den Her=
zog wegen ſeiner bekannten Treue nicht wenig liebte;
damit er aber theils nicht glaublich machte als ob er
die Laſter ſeiner Hofleute gut heiſſe, theils aber auch
der Königin, welche nicht unterlieſſe ſich über ſein un=
gerechtes Betragen zu beſchweren, alle Gelegenheit
zum Mißvergnügen aus dem Weege räumte, lieſſe
er den Herzog, der damals nur noch Marquis ware,
ruffen; und nachdem er ihm einen ſcharfen Verweis
gegeben, ſagte der Monarch zu ihm: Roquelaure,
ich habe euch zum öftern zu erkennen gegeben,
daß ich ein Liebhaber von Kurzweil, aber auch
zugleich ein Feind von Grobheiten ſeye; weil
ihr alſo ein Vergnügen darinn findet, mich zu
beleidigen, ſo verbiete ich euch die Franzöſiſche
Lande, verlaſſet ſie alſo, ich gebe euch 24. Stun=
den zu Einrichtung eurer Sachen.

Der

Der Herzog, welcher wußte daß der junge Mo¬
narch das Widersprechen nicht leiden konnte, bezeug¬
te demselben seine tiefste Ehrfurcht, verließ den Hof,
und inzwischen daß alle seine Freunde theils wegen
seiner Ungnade bestürzt, theils verwundert waren,
nahme er die Post, und kam nach einigen Tagen glück¬
lich in Spanien an.   Als er daselbst angelangt, ließ
er sich eine kleine Chaise machen, und dieselbe mit
Spanischer Erde anfüllen, worauf er so geschwind
als möglich wieder nach Frankreich zurück kehrte.
Weil er daselbst incognito ankame, hatte er auf der
Reise das Vergnügen, die verschiedene Meynungen
die ein jeder wegen seiner Entfernung hatte, anzuhö¬
ren; einige sagten der König würde ihn wieder zu¬
rück berufen; andere hatten Mitleiden mit ihm; und
noch andere versicherten, daß der König Staatsur¬
sachen gehabt hätte, also zu verfahren, und daß er
ihn ohngeachtet seiner Verweisung noch eben so sehr
als vormals liebe, und zwar hätte er selbigen mehr
entfernt, um der ausserordentlich erzürnten König¬
gin Willen zu vollbringen, und den aufgebrachten
Gemüthern Zeit zur Besänftigung zu lassen, als ihn
zu bestrafen.   Endlich kame unser Held, der über
diese verschiedene Gedanken oft heimlich lachen muß¬
te, nach einer etlichtägigen Reise frisch und gesund
wieder zu Paris an, und ohne sich daselbst aufzuhal¬
ten, noch sich zu erkennen zu geben, bestiege er seine
Chaise und begab sich nach Versailles.

Es ist leicht zu erachten, wie sehr jedermann ver¬
wundert ware, ihn in einer so artigen Ausrüstung zu
sehen.   Seine Freunde wußten nicht ob sie die Freu¬
de

de der Traurigkeit vorziehen ſollten, und ſeine Feinde
eilten dem König zu hinterbringen daß der Herr
Marquis von Roquelaure die Befehle Sr. Majeſtät übertretten hätte und in Verſailles mit einem ſehr
luſtigen Aufzug angelanget wäre, indem er in Spani-
ſchem Habit in einer Chaiſe ſäße, und alle ſeine Leute
Spaniſch gekleidet ſeyen.

Seine Feinde welche heimlich an ſeinem Untergang
arbeiteten, thaten dieſes um den König wider ihn
einzunehmen, weil ein jeder wohl ſahe daß der Herzog wieder mit einem luſtigen Streich umgehe, der
den König, ſo ungern als er wollte, bewegen würde ihm ſeine Gnade wieder zu ſchenken. Es gieng
jedoch aller ihrer Vorſicht ohngeachtet wie ſie ſich
eingebildet hatten; der König ſandte den Marquis
von S.... an den Herrn von Roquelaure um ihn
zu befragen, was er da machte, und ob er ſich nicht
mehr erinnere, daß ihm verbotten worden ſeye wieder in den Franzöſiſchen Landen zu erſcheinen? Es
iſt wahr, mein Herr, antwortete der Herzog dem,
der des Königs wegen mit ihm redete, ich erinnere
mich deſſen ſehr wohl, und vollbringe auch
das, was Sr. Majeſtät mir zu befehlen beliebet hat, auf das genaueſte; ſaget dem König
aber auch meinethalben, daß ich auf Spani-
ſchem Grund und Boden ſeye, welches er mir
nicht verbieten kann; hinterbringet ihm auch
überdieß, daß ich, in ſo entfernten Landen ich
auch ſeyn werde, jederzeit mein Leben vor das
Intereſſe ſeiner Allerchriſtlichſten Majeſtät auf-
zuopfern bereit ſeye.

Hier-

Hierauf verliesse der Marquis den Herzog, um dem König von desselben Antwort und artigen Stellung, die er in seiner Chaise hatte, Nachricht zu hinterbringen. Der Monarch lachte auf diese Erzählung von ganzem Herzen, und ware nicht wenig erfreuet, einen Vorwand den Herzog zu begnadigen, gefunden zu haben; und als er aus Neugierde denselben in der Mitte von Versailles in Spanien gesehen, fande er diese Erfindung so neu und sinnreich, daß er ihm erlaubte in Frankreich zu bleiben, jedoch mit der Bedingung jederzeit Spanische Erde in seinen Schuhen zu tragen, (damit es nicht scheinen möchte als hätte er die Königliche Befehle verachtet,) und dem Zusatz sich in das Künftige bescheidener aufzuführen; welches alles der Marquis auf eine Art, die den König vollkommen vergnügte, versprache; worauf ihn der Monarch mehr als jemals geliebet hat, wie man aus den folgenden Begebenheiten ersehen kann.

Die dritte Begebenheit.

Die artige Antwort, welche er dem Erzbischof von Lion gegeben.

Zu mehrerer Erläuterung dieser Geschichte muß man wissen, daß wann der Herzog von Roquelaure auf der Post ritte, derselbe jederzeit als ein geringer Mann gekleidet ware; ein grosser Hut und und ein schlechtes Oberkleid waren seine ganze Ausrüstung;

B

rüſtung; und in dieſem Aufzug ware er ſelbſt benen, die oft auf das vertraulichſte mit ihm umgiengen, unerkenntlich: welche Wahrheit folgendes beweiſen wird.

Nachdem der Herzog einſtens Befehl erhalten hatte, nach Spanien zu gehen, um daſelbſt ein wichtiges Geſchäft zu unterhandeln, welches ihm der König aufgetragen; nahme er die Poſt ſo unordentlich gekleidet, wie ich oben geſagt habe, und eilend, wie ein Weltkind ſeine lende Schindmähre treibet, kame er in Lion an. Als er nun vor dem Pallaſt des Erzbiſchofs, in dem Augenblick da dieſer Herr in ſeine Kutſche ſteigen wollte, vorbey ritte, ware dieſer Prälat begierig zu wiſſen, wohin dieſer, den er vor einen Courier hielte, gienge, und was er vor Neuigkeiten mitbrächte, ſchrie dahero aus vollem Hals: Hola he, he mein Freund, halt ſtill. Der Herzog, den dieſe Art zu rufen, als einen jungen Menſchen der ſich vor andern was einbildete, ein wenig beſtürzt machte, begehrte nichts mehr, als ſich einen Augenblick auf Koſten der unbeſcheidenen Neugierde dieſes Prälatens luſtig zu machen, hielte dahero inne: als nun der Erzbiſchof ſahe, daß er gehöret worden war, fragte er ihn: woher kommeſt du? Was giebt es neues? Der Herzog antwortete hierauf ohne Verwirrung ganz trotzig: von Paris, wo man Zuckererbſen verkauft.

Der Prälat dachte dieſer kurzweiligen Antwort ein wenig nach; endlich ſagte er: Mein Freund, was ſagte man zu Paris, als du da abgereiſet?
Man

Man sagte, es sey Vesperzeit, versetzte der Herzog. Aber, wie nennet man dich? wollte der
Erzbischof ferner wissen. Einige, sagte der Courier,
nennen mich Hola, he; andere, he, mein Freund;
aber ich, der ich mich besser kenne, heisse mich
den Grafen von Roquelaure. Ho, he, hau zu
Kutscher.

Indem der gute Prälat seinen Fehler plötzlich erkannte, rufte er den Courier zurück, um sich zu entschuldigen, weil er ihn nicht gekennet; derselbe gabe
aber seinem schlechten Klepper die Sporn, und ver-
schwande wie ein Blitz, den Erzbischof eben so zornig wegen der Verachtung hinterlassend, als wegen
der wunderlichen Antworten, die er sich zugezogen.
Gott weiß wie sehr man bey Hof hierüber gelachet,
und wie sehr man sich über den allzuvorwizigen Prälaten aufgehalten.

Die vierte Begebenheit.

Höfliche Rede, die er an die zwey Zwil-
linge mit welchen seine Frau entbunden
worden, gehalten.

Ludwig der vierzehende, welcher wie man weiß,
in seiner Jugend eine so grosse Neigung zur Liebe, als zum Krieg hatte, erweckte in seinem ganzen
Königreich Spiele und Lachen, und ein jeder suchte
nach geendigtem Feldzug, um sich von den Kriegsar-

beiten

beiten zu erfriſchen, nach ſeinem Vorbild eine junge
Schönheit zu erobern: alles ſeufzete bey den Knien
der Damen, welche ihrer Seits nichts erſparten den
jungen Kriegsleuten zu gefallen, die ſämmtlich die
Lorbeerzweige, die ſie in dem Krieg geerndet, zu derſelben Füſſen legten. Alle bemüheten ſich um die
Wette ihre Liebreitze recht vor Augen zu legen, um
den jungen Monarchen zu rühren, und alle machten
ſich den Sieg über ſein Herz ſtreitig. Aber unter
allen, die Recht hatten daſſelbe zu fordern, ware
die Fräulein von C . . . . die einige, welche verdiente
mit dem Schnupftuch beehret zu werden, ſie ware
jung, reitzend, ſchön, wohlgeſtalt und lebhaft. Mit
einem Wort, der Himmel hatte ihr alles geſchenket,
was einem Liebhaber zärtliche Regungen einzuflöſſen,
und Begierde zu erwecken fähig ware. Sobald ſie
auch der König ſahe, liebte er ſie: wie er aber kein
Menſch ware, der ſich lang mit Seufzern, die ſeine
natürliche Hitze zu den Schlachten nicht vergnügten,
aufhielte, und er auch keine Neigung hatte, eine lange Zeit, um eine vollkommene Liebe zu ſpielen, ſich
bey dem Senftopf aufzuhalten, an ſtatt zu dem Be-
ſchluß zu kommen, ſo erzählet die Geſchichte, daß er
ſchon bey der zweyten mit dieſer Schönen gehaltenen
Unterredung, die Handſchuh bekommen habe: welches auch glaublich iſt, dann er ware in den verliebten Expeditionen ſo ſchnell als in den kriegeriſchen.
Er durfte einen Platz nur von auſſen ſehen, ſo unter-
nahme er auf ſolchen einen vollen Sturm; und eine
Schönheit, auf die er einmal ſeinen Anſchlag gerich-
tet hatte, ware zu klug, daß ſie ihn nicht auch die
umgekehrte Seite hätte ſehen laſſen.

Ihre

Ihre Vertraulichkeit dauerte einige Monate, während welcher Zeit beyde Theile einander auf alle Art liebkoßten. Gleichwie aber jederzeit eine gar zu leichte Eroberung der Fall der Liebe ist, so ware es auch hier der Fall der Königlichen Liebe; dann da der junge Monarch nach und nach seine Begierde zu verliehren anfienge, verliesse er sie unvermerkt, indem er vorher sahe, daß die Veränderung der Speise den Geschmack derselben vermehre. Aber wie das gute Kind sich schwanger befande, dachte er an das Verheyrathen, um den Stoß den ihre Ehre erlitten zu verbergen, und suchte ihr deswegen ehe ihre Schwangerschaft bekannt wurde unter den jungen Herren des Hofes eine vortheilhafte Partie aus. Die Begierde, welche der junge Monarch der Fräulein von C.... hierinn zu dienen, zeigte, gabe vielen Leuten Gelegenheit zum Nachdenken, und der Antheil, mit welchem er an ihrer Vermählung arbeitete ware so verdächtig, und alle Liebhaber überdieß wegen dem Punct der Einverleibung in die grosse Brüderschaft so zärtlich, daß ein jeder die ihm angetragene Heyrath verwarf. Der einzige Herzog liesse sich die Augen verblenden: weil er nur noch Marquis ware, legte er alle Zweifelsknoten bey Seit, erfreuet ein Mittel zu haben sein Glück zu machen; und in der Hofnung hinführo der Gunst des Königes noch gewisser zu seyn, nahme er die ihm von seinem Herrn angetragene Person, und heyrathete also unwissender Weise die Kuh mit samt dem Kalb, wordurch er Sr. Allerchristlichsten Majestät eine schwere Bürde abnahm. Die Vermählung geschahe mit allem Gepränge; und der König machte den

B 3   neuen

neuen Ehemann zur Belohnung ſeines Gehorſams
zum Grafen, und fügte ſolchem noch die Stelle ei=
nes auſſerordentlichen Geſandtens in Spanien bey,
weil er allen Verſtand und Fähigkeit, die man zu
würdiger Bekleidung dieſes wichtigen Amtes haben
muß, hatte.

Die Verbindung ware kaum vollkommen gemacht,
als er Befehl erhielte, ſeine Reiſegeräthſchaft fertig
zu machen, damit er an ſeinen Geſandſchaftspoſten
abreiſſen könnte. Er gehorchte, obwol er die ſüſſe
Umarmungen ſeiner Gemahlin, die er vor ein Wun=
der der Keuſchheit hielte, mit Schmerzen verlieſſe,
nahm die Poſt, und indem er durch Lion reißte ga=
be er dem dortigen Erzbiſchof die luſtige Antwort
welche wir in der vorhergehenden Begebenheit erzäh=
let haben. Da wir nicht alle Umſtände ſeiner Reiſe
beſchreiben, ſo berühren wir nur, daß er in Spa=
nien angekommen, und nachdem er ſeine aufgetrage=
ne Geſchäfte nach Verlauf von fünf Monaten,
als ein kluger Mann mit allem möglichen Fortgang
geendiget hatte, nach Frankreich zuruck gereiſet ſeye,
ohne jemand, auch ſelbſt dem Könige nicht, von ſei=
ner Abreiſe Nachricht gegeben zu haben. Man ſchrie=
be den Fleiß, den er zu Endigung ſeiner Unterhand=
lung an dem Madriterhof angewendet, einer heim=
lichen Ahndung, die er von der frühzeitigen Nieder=
kunft ſeiner Frauen gehabt hatte, zu. Er hat auch
in Wahrheit, ohngeachtet ſeiner Großprahlerey, an
ſeiner Gemahlin keinen Kützel verſpüret, welches ſei=
ner Stirne nichts Gutes weiſſagte.

Wie

Wie er bey Hof angelanget war die erste Neuigkeit die er vernahme, die Niederkunft seiner Frauen
mit zweyen Töchtern, welches ihn um so mehr bestürzt
machte, da er wuste, daß keine Frau vor Verlauf
von 9 Monaten, nach allen natürlichen Gesätzen,
jemals gebähre, es seye dann daß ein besonderer
Zufall die Geburt befördere, und daß er noch nicht
länger als 5 Monate sich im Ehestand befinde. Er
warf den Kopf in die Höhe, und wußte nicht, was
er von einem so neuen Vorfall dencken sollte: Was,
sagte er, indem er an seinen Fingern nachrechnete,
wie viel auf einmal: Gemahl, Graf, Gesand-
ter, Hahnrey und zwey Töchter; ey tausend,
dieses alles kann ich nicht begreifen. Dann obwol ihm bekannt ware, daß der König sein Herr,
ein Freund von kleinen Ergötzlichkeiten gewesen, so
hatte er doch niemals geglaubt, daß es zwischen demselben und seiner Frauen so weit gekommen seye. Er
bedachte sich lange Zeit, und gleichwie er das Geheimniß nur mehr als zu wohl ergründete, so fande
er auch, daß kein anderes Mittel seye, als sich gut-
willig darein zu ergeben. Nachdem er sich nun von
wegen seiner Frauen, die seiner Ehre einen so empfindlichen Streich versetzet, getröstet: so entschloß er
sich, sich mit andern, die eben so wohl als er, in
den Hörnerorden versetzet waren, einen Trost zu geben, und wegen Verbergung der Schande seiner
auf das beste geschmückten Stirne ware der sicher-
ste Weeg die Empfindlichkeit hierüber zu verstellen,
und andere zu bereden, daß die Ehre eines rechtschaf-
nen Mannes, nicht von dem Pobel einer Frauen ab-
hange, und daß dem zu Folge, das geringste Aufsehen,

wel-

welches hiervon gemacht werden könnte, nichts als
das beſte ſeyn würde.

Alle dieſe Urſachen, eben ſo gut als andere, dien-
ten nicht wenig zu Befriedigung ſeines Gemüths und
zu der völligen Wiederherſtellung ſeines aufgeweckten
Geiſtes; indem er nun ſich ein wenig beluſtigen wollte, begabe er ſich nach Hauß, wo er nach ſeiner
Frau fragte; man antwortete ihm: ſie liegt im
Bett, und iſt von zweyen ſchönen Gräfinnen
entbunden worden. Er verlangte hierauf dieſe zu
ſehen, man begleitete ihn in ihr Zimmer und indem
er ſich ihnen näherte, ſagte er lachend zu ihnen:
ſeyd willkommen, bey meiner Treu, ich kann
euch als ein ehrlicher Mann verſichern, daß ich
euch ſo bald nicht erwartet hatte. Nachdem er
ſie hierauf einen Augenblick angeſehen, ſo fande er
an ihren noch unvollkommenen Zügen mehr als zu
wohl daß er ihr Vater nicht ſeye.

Der ganze Hof erfuhr noch denſelben Tag dieſes
luſtige Compliment, und jedermann lachte ſich hierüber genug, nur der König ausgenommen, der ſich
vor der Zunge des Herzogs ſcheuete, wovon man in
der folgenden Begebenheit leſen kann.

Die

Die fünfte Begebenheit.

Der König macht ihn zum Herzog, und er seiner Frau ein scherzhaftes Compliment.

Unser Held ware im höchsten Grad erzürnet, daß er in allen Gesellschaften wegen der geschwinden Niederkunft seiner Gemahlin aufgezogen wurde, warf dahero, wie man zu sagen pflegt, den Stiel nach der Art, das ist: er nahme den Entschluß sich auf Kosten des, dem es zugehörte, am ersten zu belustigen. Nach diesem Vorsatz fienge er tausend kurzweilige Dinge an, bis zum öffentlichen Sagen, daß er den so unversehenen Empfang zweyer Töchter, niemand als dem König, seinem Herrn, zu danken habe, der ihm das Macherlohn gütigst erspahret hätte. Er erkühnte sich selbst frey heraus zu reden, daß wann er zum Hahnrey gemachet worden, solches nur geschehen seye damit er sich wieder rächen könne, wodurch er zu verstehen geben wollte, daß er den König auf gleiche Weise beschencken würde. Er sagte noch bey hundert dergleichen Spaßreden, welche man alle dem Monarchen hinterbrachte, die demselben aber, weil er sehr auf die Ehre hielte und nicht mehr Kurzweil als ein Schweitzer verstunde, und also seine Gedult aufs höchste trieben, gar nicht anständig waren; da er auch über dieß Herr gewesen, wollte er jeden, der ihm gut däuchtete, zum Hahnrey machen, ohne daß jemand was dagegen sagen dürfte.

B 5   Indem

Indem er alſo wegen der laſterhaften Stichelreden, die der Herzog ohne alle Ehrfurcht gegen ſeine Perſon ausſchüttete, ſorgfältige Gedanken im Kopfe zu haben, anfienge, und mit allem Recht befürchtete, daß dieſer, wann er es länger leiden würde, ſeine Unbeſcheidenheit noch weiter treiben möchte; (dann was iſt die Empfindung eines Mannes, der ſich Hörner aufſetzen ſiehet, nicht fähig?) nahme er ſich vor, denen Gerüchten die nur ſeinen Ruhm beſtecken, und die Liebe und Ehrfurcht ſeiner Unterthanen verringern könnten, vorzubeugen. Wie er aber urtheilte, daß die Strenge, anſtatt das Uebel zu verzehren, ſolches nur vermehren würde, ſo wählte er klüglich den Weeg der Gelindigkeit; dann da ihm nicht unbekannt ware, daß der Roquelaure ehrgeitzig ſeye, glaubte er, daß das beſte Mittel ihn in Ehrfurcht zu erhalten und ſeinen Stachelreden Einhalt zu thun, wäre, ſelbigem neue Gnaden zu bewilligen und ihn mit neuen Wohlthaten zu überſchütten. Dahero lieſſe ihn der König vor ſich fordern, gabe ihm einen geſalzten und gepfefferten Verweis, und ſagte endlich, nachdem er ſelbigem wegen ſeiner Undankbarkeit Vorwürfe gethan: ich mache euch zum Herzog und vergeſſe das Vergangene, aber beſſert euch in Zukunft. Hierauf begabe er ſich fort, um dem neuen Herzog Zeit zu laſſen, über ſeine böſe Aufführung und die Großmuth ſeines Herrn, Betrachtungen zu machen.

Der Herzog brauchte auch weiter nichts; dann da er ſcharfſinnig ware, fiele es ihm leicht den Sinn dieſer, obwol kurzen Worte, zu begreiffen, da ſie
nichts

nichts desto weniger mit ernstlichen Drohungen im
Fall einer Wiederholung, vergesellschaftet gewesen,
und mit einer Stimme ausgesprochen worden, die
ihm genug Stof zum Nachdenken an die Hand gegeben. Er versprach auch ins Künftige bescheidener
zu seyn. Da es ihm aber nicht an einem vollkomme-
nen Verstand fehlte um ein Mittel zu erfinden sich
an seiner Gemahlin zu rächen, ohne einen Lärmen zu
machen, noch den König zu erzürnen; so besuchte er
sie da sie noch das Bett hütete und viele Damen
bey ihr waren ihr Gesellschaft zu leisten. Diesen Zufall hielte er zu Entbürdung seines Herzens vor den
vortheilhaftesten; dann da er mit Stock und Strauch
ein Hahnrey ware, so ware ihm lieb, daß man doch
wenigstens auch wisse, daß solches ohne seine Einwil-
ligung geschehen seye. Er trate deswegen in das Zimmer seiner Frauen, welche sehr darüber erschracke;
dann da es das erstemal ware, daß sie ihn seit seiner
Rückkunft aus Spanien, und ihrer Entbindung,
sahe; so besorgte sie, er möchte ihr übel begegnen.
Er nahete sich mit einem eiskalten Blut dem Bette,
machte eine tiefe Verbeugung, und sagte mit der
nämlichen Ernsthaftigkeit, mit der der König mit
ihm geredet: ich mache euch zur Herzogin und
vergesse das Vergangene, aber ich rathe, bes-
sert euch in Zukunft. Nachdem er hierauf alle Damen gegrüsset, gienge er über diesen letzten Streich
vergnügt fort, die ganze Gesellschaft in einer grossen
Verwirrung, wie dieses Räßel aufzulösen seye?
zurücklassend.

Weil

Weil der Herzog ausserordentlich hitzig ware, so erstaunten viele Leute über seine Mäßigung bey diesem Auftritt; daß er aber seinen Verdruß nicht öffentlich an Tag geleget, geschahe, weil er die Wohlgewogenheit des Königs schonen mußte, und ohne den völligen Untergang seines Glückes zu befördern, nicht anders verfahren konnte.

Der ganze Hof erhielte von dieser spaßhaften Anrede an seine Frau bald Nachricht, ein jeder lachte von ganzem Herzen hierüber und selbst der König bewunderte seinen Verstand, und liebte ihn, daß er hierinn so weißlich gehandelt hatte.

❋❋❋❋❋❋❋❋❋❋❋❋❋❋❋❋❋❋❋❋❋❋❋❋❋❋❋❋

Die sechste Begebenheit.

Was er mit dem Spanischen Abgesandten zu Rom vor Verdruß gehabt.

Zu Erläuterung dieser Begebenheit ist nöthig dem Leser zu eröfnen, daß die Französische Abgesandten zu Rom den Vorrang vor den Spanischen haben, welches folgendes veranlasset hat.

Als Se. Allerchristl. Majestät, die auf den Herzog von Roquelaure ihr völliges Vertrauen gesetzet hatten, denselben als Gesandten nach Rom abgehen lassen, begegnete ihm mit dem Spanischen Bottschafter ein Zufall, der bey nahe zwischen denen dreyen Mächten groß

grosse Irrungen erreget hätte, jedoch noch glücklich in
seiner Geburt erstickt worden ist.

Der Herzog wurde noch vor seiner Ankunft zu Rom
durch seine Kundschafter benachrichtiget, daß der
Spanische Abgesandte sich in seiner Abwesenheit der
Stelle bediente, die in den grossen öffentlichen Ver-
sammlungen vor ihn bestimmet ware; befahle dahero
seinem Spion nach seiner Gewohnheit Acht zu geben,
wann der Spanier sich wieder an seinen Platz setzte,
und ihm solches alsogleich zu melden.

Es vergiengen einige Tage, ohne daß unser Herzog
was neues erfuhre; dieser Aufschub bekümmerte ihn
um so mehr, da er glaubte, er hätte seinen Streich
verfehlet, welchen er doch der ganzen Welt bekannt
zu werden wünschte. Er begehrte nichts mehr, als
sich an dem Spanischen Gesandten wegen seiner
Großprahlerey zu rächen, gegen welchen er überdieß
einen heimlichen Haß hatte, weil derselbe sowol gegen den König von Frankreich als auch ihn, anstößige
Reden ausgestossen; unter andern hatte er in seiner
Sprache auch gesagt: Que quiere hablar aquel
hombre consu Rey qui en es nada sino & Rey
de los Gravachos. Welches bedeutet: Was will
uns dieser Mensch von seinem König sagen, der
nur der König der Gravachen *) ist.

Endlich kame der so sehr gewünschte Kundschafter
einmal sehr frühe, da der Herzog noch in dem Bette
lage,

*) Ein Schimpfwort, welches die Spanier brauchen,
wann sie von den Franzosen verächtlich reden.

lage, und begehrte mit demselben zu reden; dieser
spränge schnell herbey, und nachdem er von diesem
Mann vernommen, daß der hochmüthige Spanier
in einer gewissen Kirche,(deren Namen zu wissen nicht
nöthig ist) sich wiederum wie gewöhnlich des Plaßes
der Französischen Gesandten bediene, befahle er seinen Leuten alles zu der Abreise von Rom fertig zu halten.   Als er sechs der schönsten Pferde seiner Kutsche
vorspannen lassen, bestiege er selbige ohne daß er andere Kleider als die er schon am Leibe hatte, angezogen
hätte, und fuhr also im Schlafrock, Schlafhosen,
Nachtmüße und Pantoffeln nach der Kirche wo der
eitle Spanier ware ; Er betrate dieselbe in dem schlechten Aufzug, den ich eben beschrieben habe, drange
sich durch die Menge Volk, gienge gerade auf den
Spanischen Bottschafter zu, dem er eine tiefe Verbeugung machte, und indem er sich demselben näherte,
als wollte er ihm etwas sagen, ergriefe er behende
einen von seinen Pantoffeln, und gabe mit demselben seinem Feind auf jeden Backen einen derben
Streich.   Nachdem er den Pantoffel wieder an den
Fuß gestecket, suchte er ohne die geringste Verwirrung merken zu lassen, die Kirchenthüre, und hinter-
liesse alle Zuschauer dieses schönen Auftrits in dem
größten Erstaunen über eine so ausserordentliche Kühnheit.

Einen Augenblick hernach, gienge der Spanier,
als er seine Sinne ein wenig zusammen geraffet hatte,
auch fort, mit dem Vorhaben seinen Feind in die
Elisäische Felder zu schicken: er kame aber viel zu lang-
sam ; dann der Herzog hatte vorher gesehen, daß es
in

in einem Ort , wo die Franzosen wie das böse Geld
verschrien waren, nicht gut vor ihn seyn würde; über
dieses hatte er sich auch beflissen, dem Spanier durch die
Streiche den Kopf zu betäuben , damit er keinen Lärmen machen konnte, und verliesse dahero Rom ohne
Klang und Gesang, und ohne von jemand Abschied
zu nehmen.

Wie er einige Meilen von dieser heiligen Stadt ware, nahme er die Post und kehrte nach Frankreich zurück. Ich lasse von dem Lärmen, den diese Begebenheit bey den Höfen von Rom und Madrit verursachet hat, urtheilen. Zu Paris lachte man hierüber :
und man sagt sogar , daß der König den Herzog wegen diesem seinem Verfahren , sehr gelobet habe.

Nach verschiedenen Klagen, sowol von der einen
als der andern Seite, wurde der Streit endlich bey-
gelegt , da man unterrichtet worden, daß der Spanier sich diese üble Begegnung selbst zugezogen hätte.
Es kame also der Herzog von diesem verdrüßlichen Zufall durch seine Entfernung von Rom , und der Spanier truge ausser dem Verlust einiger mit dem Pantoffel ausgeschlagenen Zähne, und einer kurzen Verrü-
ckung seiner Sinne, sonst keinen Schaden davon.

Die

Die ſiebende Begebenheit.

Wann man dieſes lieſet, ſo wird man den Innhalt erfahren.

In der Abſchilderung die ich beym Anfang von dem Herzog gemachet, habe ich geſagt, daß er auſſerordentlich ſchöne Hände gehabt habe, indem ſie ſo weiß als der Schnee, zart, klein und fleiſchicht waren, welches zu der kleinen Begebenheit, die man hier leſen kann, wann man ſich dieſe Mühe nehmen will, Gelegenheit gegeben.

Da der Herzog einſtens in einer Frauenzimmergeſellſchaft die einzige Mannsperſon ware, wurde von verſchiedenen unſchuldigen Sachen, und wie bey Weibsperſonen gebräuchlich, auch von Geſchmuck und neuen Moden, deren ſie ſich zu Erhebung ihrer Schönheit bedienen, geredet; es mußte auch ſelbſt der Nächſte die Hechel ihre Zunge erfahren, wobey jede ihr Sächelgen daher ſagte, und ſogar unſer Herzog mußte ſich wunderlich abſchildern laſſen, obwol er in dieſer Verſammlung wie der Hahn ware.

Man ſtritte darüber, was das allerangenehmſte ſeye, welches jemand beliebt machen könne. Die erſte verſicherte daß nichts vortreflicher wäre als ein paar ſchöne Augen. Die andere behauptete im Gegentheil, daß ein ſchöner Mund artig ſeye.

Der

Der Herzog erklärte sich alsogleich vor eine schöne
Leibesfarbe; eine dritte fiel ihm aber in die Rede,
sagend: Was mich betrifr, so behaupte, daß nichts
liebenswürdiger seye als eine schöne Hand,
und zu Beweisung meines Satzes, nehme ich
hier den Herrn Herzog von Roquelaure zum
Richter, deß n Hände zu sehen gewißlich Vergnügen erwecket.

Der Herzog erröthete ein wenig über dieses kleine
Compliment, und sagte darauf: ich glaube vor
meinen Theil nichts davon. Dem sey wie ihm
wolle, die Damen wurden nach und nach aufgeräumt;
die Lustigste nahm das Wort auf, und bate den Herzog,
nachdem sie ihm wegen der Weiße seiner Hände verschiedene artige Lobsprüche beygeleget, sie zu lehren,
womit er dieselbe wasche. Wie er ganz besonders
schalkhaftig ware, so entschuldigte er sich, und versicherte mit einem boßhaften Lächlen, daß er sich für
den glücklichsten Menschen halte, weil er mit so vielem Verstand aufgezogen werde. Nein, nein,
mein Herr, antwortete alsobald die Dame, ich rede ernstlich: aber wann ihr unsre Bitte nicht geschwind gewähren wollet, so werdet ihr euch
scharf vertheidigen müssen; wir werden euch
keine Ruhe lassen, bis uns euer Geheimnis bekannt ist. Ich muß euch bekennen, daß ihr
sehr unhöflich und sehr wenig artig seyd, wann
ihr uns ein Geheimnus von einer Sache, wofür wir euch alle mögliche Verbindlichkeit haben
würden, machen wollet; fort, fort, bildet
euch nicht so viel auf eure Kunst ein, vergnüget
C   uns.

uns. Aber Madame, es ist nur eine Kleinig-
keit; ich bitte euch. überhebet mich euch zu
sagen — — — — Nein, nein, ich sage daß
eure Entschuldigungen unnützlich seyn, wir
werden davon nicht ablassen, und ihr werdet
uns eure Kunst entdecken, oder wir wollen alle
Freundschaft aufgeben, sehet demnach jetzo die
Gelegenheit, welche ihr ergreifen wollet, und
verursachet nicht, daß wir uns länger mit Fragen bemühen müssen. Ich willige darein, meine Frauenzimmer, versetzte der Herzog, weil ich
kein Mittel mehr habe, mich dessen zu entschla-
gen, erinnert euch aber wenigstens, daß ein mit
Gewalt erzwungenes Geheimniß, nicht genug-
sam vergnüge. Es hindert nichts, sagte unsere
grosse Vorwitzige, es seye was es wolle, wir werden froh seyn, solches zu wissen. Ey wohl,
Madame, weil ihr es ausdrücklich wollet, so
wisset daß ich mich mit D — — — wasche. Ha,
ha, ha, ihr erzählet uns da was artiges, fügte
die allzu Neugierige trotzig hinzu, wahrhaftig ihr
habet mich schön bezahlet, aber wisset auch,
mein Herr, wann dieses euer schönes Geheimnus, deswegen ihr euch so habt bitten lassen, ist,
wisset, sage ich euch noch einmal, daß es nicht
einen Pfifferling werth seye, dann es sind schon
mehr als funfzehen Jahre, daß ich mit den Hintern damit wasche, der aber deswegen nicht
weisser, als zuvor ist.

Die

Die achte Begebenheit.
Der Hut auf dem Pfahl.

Es hatten einige Damen dem Herzog einen Poſſen
geſpielet, und ſo oft er in ihrer Geſellſchaft ware,
zogen ſie ihn auf und plagten ihn ohne Verſchonung,
dieweil ſie wußten daß er auch keiner Perſon, die einmal in ſeine Klauen gekommen, geſchonet. Inzwi-
ſchen verſchluckte der Herzog das Pillulein ohne Wei-
gern und verſtellte ſich ſehr geſchickt, obwol er nicht
geſonnen ware, ihnen ſolches zu verzeihen: dann wie
es ihm niemals an Liſt mangelte; ſo erfande er beſtändig neue Betrügereyen um ſich zu rächen, welches er ſo verſchmitzt thate, daß diejenigen, welchen
er einen Streich ſpielen wollte, zum öfteren noch dar-
zu geholfen, und ſich alſo ſelbſt betrogen haben;
hiernächſt ſchobe er ſeine Rache auch ſo lange auf, biß
ſie endlich in die geſtellte Netze fielen; wie aus dieſer
kleinen Geſchichte zu erſehen.

Als die Damen von denen hier die Rede iſt, an einem ſchönen Nachmittag eine ihrer Freundinnen be-
ſuchten, wollte ein Ungefähr, daß der Herzog nebſt
einigen jungen Herren von ſeiner Geſellſchaft auch
dahin kame; ſo bald er dieſe ſämtliche Damen ſahe,
fiele ihm bey, ihnen einen Streich zu ſpielen, wie er
auch gethan. Man brachte Stühle und die ganze
Verſammlung ſetzte ſich nieder; hierauf wurde die

C 2

Unter-

Unterredung angefangen, wobey ein jeder ſagte, was er wußte und zum Vergnügen des Frauenzimmers vor das Beſte hielte, da dann auch die Damen ihre Zungen wacker brauchten. Nur allein der Herzog beobachtete ein ſo tiefes Stillſchweigen, daß ein jedes ſich darüber beſchwerte, und niemand wußte wodurch ſolches verurſachet worden. Als endlich eine von den Damen, welche eben die ware, die der Herr von Roquelaure vor den andern beſchimpfen wollte, den Diſcours unterbrache, indem ſie ſagte: Auf meine Frauen, bringet dieſen armen Mann zu Bette! ſehet ihr nicht daß er krank iſt? ſahe der Herzog, den dieſer neue Scherz angienge, daß die Comödie ſich zu ihrem Ende nähere, und zoge dahero, ohne daß man es bemerkte, ich weiß nicht was vor einen Prügel, der nicht krank, im Gegentheil aber in einem ſehr guten Zuſtand ware, hervor, und ſteckte auf denſelben ſeinen Hut, als wann es ein Pfahl geweſen wäre.

Ehe ich weiter ſchreite, muß ich den Leſer benachrichtigen, daß es des Herzogs Gewohnheit geweſen ſeye, ſobald er ſich geſetzet, den Hut auf die Oefnung ſeiner Hoſen zu legen, wann er auch nicht die geringſte Boßheit im Sinn gehabt. Die Damen, von denen hier geredet wird, hatten ihm hierüber oft den Krieg angekündiget, und ſich ſelbſt unterfangen ihm denſelben von dieſem Ort wegzunehmen, und um ihn zu plagen, ſolchen verſtecket; ſie hatten ihm auch überdieß gedrohet, dieſes ſo oft zu wiederholen, ſo oft ſie ihn daſelbſt finden würden, bis er ſich dieſe üble Gewohnheit völlig abgewöhnet hätte. Es ware dieſes nun gerade

rade der Endzweck des Streiches, dem der Herzog
nachdachte, dann da er wußte, daß das Frauenzim=
mer sich wider seinen Hut verschworen, so sahe er
auch zuvor, daß sie denselben auf die gewöhnliche
Weise angreifen würden: welches wir sogleich erzäh=
len wollen.

Die Damen, welche sehr aufgeräumt waren, fuh=
ren fort den Herzog sehr aufzuziehen; diejenige, die
kurz zuvor gesagt hatte, man sollte ihn zu Bette brin=
gen, gabe ihren Freundinnen durch einige Augen=
winke ein Zeichen, daß sie ihn durch Schläge mit
dem Sonnenfächer aufwecken, und den Hut den er
auf dem Pfahl hatte, in die Luft springen zu lassen sich
bemühen sollten. Alle billigten diese Boßheit mit den
Augen, und alsbald wurde das Zeichen gegeben den
Hut herunter zu schmeissen, als der Herzog, um das
Vorhaben desto besser zu begünstigen, die Augen ver=
schlossen zu haben, sich stellte, worauf sie alle starke
Streiche mit ihren Sonnenfächern auf den armen
Hut führten, der doch nicht das geringste dawor konn=
te, und aus Gewogenheit vor den Herzog, genug zu
thun hatte, den Pfahl, auf welchen er gesteckt wor=
den, für der Grobheit der Sonnenfächer zu schützen.
Da der Hut von feinem Castor ware, lauteten die
Streiche, die auf denselben fielen, als wenn sie auf
eine Trommel gefallen wären.

Endlich sprange der gute Hut, nach einigen leb=
haften Streichen, als der Pfahl von den Schlägen
weich geworden, in die Luft, und zeigte den Damen
den König aller Pfähle. Niemals ist eine Erstaunung

C 3   dieser

dieſer gleich geweſen; eine flohe auf dieſe, eine andere
auf iene Seite, und alle insgeſamt ſchrien wie Nar-
ren, glaubend, dieſer Herr aller Pfähle folge ihnen
auf dem Fuſſe nach.

In der That mußten ſie über einen ſo groſſen Prügel erſtaunen; dann man verſichert, daß niemand
hiemit von der Natur ſo wohl verſehen geweſen, als
der Herzog von Roquelaure. Die Geſchichte ſagt,
daß er ſo ſtark und hart ware, daß wann ihm ſeine
Frau einiges Mißvergnügen verurſachet, er ihr nur
gedrohet hätte, ſie mit ſeinem Prügel zu beſtrafen,
ſo hätte ſie ſich alſogleich wiederum zur Ruhe begeben
und geſchwiegen. Es iſt dahero leicht zu urtheilen,
wie ſehr unſre vorwitzige Damen über das Anſehen
eines ſolchen Pfahls haben beſtürzt ſeyn müſſen. Was
den Herzog betrift, ſo gienge er als der vergnügteſte
Menſch von der Welt mit ſeinen Freunden weg, weil
er ſo ſehr gelachet und auf Unkoſten dieſer Spaßhaften, die aller Wahrſcheinlichkeit nach die Luſt verlohren haben, den Hut auf dem Pfahl, ins Künftige
wieder anzugreifen, ſich ſo wohl ergötzet.

Die neunte Begebenheit.
Der bezahlte und wieder bezahlte Vor-
witz.

Eine Dame aus der Provinz, die ſowol wegen ihres Verſtandes, als ihren Eigenſchaften an-
ſehnlich

sehnlich ware, hatte von dem Herzog von Roquelaure als einer Person, die alle Ergötzlichkeiten des Hofes verursachte, reden hören, verliesse die Provinz
und kame nach Paris, des Vorhabens Gelegenheit zu suchen sich mit ihm zu unterreden, damit sie
sehe, ob er auch in der That so sinnreich und von einer so einnehmenden Beredsamkeit seye, als man
sagte; und wie die Neubegierde der gemeine Fehler
fast aller Frauen ist, so konnte die Marquisin kaum
die Zeit erwarten, bey dem Herzog zu seyn, den sie
nicht anders als dem Namen nach kannte. Als
sie zu Paris angekommen, nahme sie bey einer Gräfin, die ihre Freundin ware, Quartier, der sie nach
den ersten Höflichkeiten sagte, daß sie ausdrücklich
gekommen seye, um den Herzog zu sehen. Die Gräfin billigte ihr Vorhaben und versprache ihr auf den
folgenden Tag Gelegenheit zu verschaffen, mit ihm
zu reden, versichernd, daß er ein sehr höflicher Mann
seye, und sich eine Ehre daraus machen würde, sie
auf das Beste zu empfangen; die Marquisin umarm-
te sie hierauf zärtlich, dankte vor alle Höflichkeiten,
und versicherte, daß sie alle mögliche Erkenntlichkeit
davor hätte; sie sagten sich hundert verbindliche Sachen, und da es hiebey ziemlich spat wurde, bate sie
bey ihrer Freundin um Urlaub, und indem sie sich zu
Bett legte, erwartete sie den Tag wo sie den Herzog
sehen sollte, mit der größten Ungedult.

Unterdessen, da sie schläfet, wird es nicht un-
dienlich seyn, den Leser von folgender, zu Verste-
hung dieser Begebenheit, wichtiger Sache, zu unter-
richten. Die Gräfin und die Marquisin hatten che-

dem

dem wegen einer Perſon, die alle beyde liebten, Un=
einigkeit gehabt; es ſeye nun daß die Marquiſin ſchö=
ner und verſtändiger als ihre Nebenbuhlerin geweſen,
ſo truge ſie den Preiß über dieſe davon, ſeit welcher
Zeit ſie einander nicht geſehen. Gleichwie aber die
Zwiſtigkeiten der Frauenzimmer gemeiniglich von kei=
ner längern Dauer ſind, als ſie Nebenbuhlerinnen
ſeyn; ſo verſöhnten ſie ſich wieder, als der Geliebte
der Marquiſin, der ein Generallieutenant ware, in
Flandern getödtet worden, und wurden nachgehends
die beſte Freundinnen. Von Seiten der Marqui=
ſin, die von ſehr gutem Gemüth ware, ware dieſe
Wiedervereinigung ſehr aufrichtig; aber die Gräfin
konnte ihre Verachtung nicht vergeſſen, behielt da=
hero in ihrer Seele einen Verdrus, den ſie nicht an=
ders beſänftigen konnte, als durch eine kleine Rache;
und dieſe Gelegenheit ſchiene ihr hierzu die allerbe=
quemſte. Nachdem ſie nun deswegen über die Mit=
tel hierzu zu gelangen nachgedacht, ſchriebe ſie an
den Herzog ein paar Zeilen, in welchen ſie ihm von
der Neubegierde ihrer Freundin Nachricht gabe und
nichts vergaſſe das Lächerliche ihrer Perſon zu vergröſ=
ſern, und endlich bate ſie ihn, weil ſie ſeine ſehr gu=
te Freundin ware, ein tiefes Stillſchweigen zu beob=
achten, wann die Marquiſin ihn beſuchen würde,
wofür ſie ihm alle Erkenntlichkeit verſprache: hierauf
verſiegelte ſie das Handbriefchen, und befahle einem
Bedienten, ſolches an Ort und Stelle zu tragen;
alsdann legte ſie ſich zu Bette, und ſchliefe in einem
fort, bis an den Morgen.

Der Tag brache kaum an als die ungedultige Mar=
quiſin aufſtunde und voller Begierde die Antwort des
Her=

Herzogs erwartend, bey ihrer Freundin deswegen Nachricht einholen laſſen wollte, da eben der Bediente dem die Gräfin dieſe Commißion aufgetragen hatte in ihr Zimmer trate und ihr berichtete wie ſie der Herzog mit vielem Verlangen erwarte. Sie kleidete ſich geſchwind an, und als die Gräfin ihr vermelden lieſſe, daß ſie wegen entſetzlichen Kopfſchmerzen, die ſie bekommen zu haben vorgabe, ihr nicht Geſellſchaft leiſten könnte; beſtiege ſie die Caroſſe, und begabe ſich zu dem Herzog, der ſie bey dem Schlag ihrer Caroſſe empfienge, jedoch ohne das geringſte Wort zu ſagen, lieſſe er ſie in einen wohlausgeſchmückten niedern Saal tretten und niederſetzen, und nahme neben ihr Platz.

Die Marquiſin, die eine groſſe Begierde hatte, den Herzog reden zu hören, glaubte daß ihre Schuldigkeit ſeye die Unterredung anzufangen; ſie fienge daher an von dem Hof zu reden, deſſen Pracht ſie erhobe, bald hernach lobte ſie das angenehme und bezaubernde Leben das man zu Paris führte. Bey allem dieſem ſchwiege der Herzog wie ein Stock, und antwortete nur durch Krümmung des Mundes und Erhebung der Schultern, welches ſelbſt die Gedult eines Heiligen aufs Höchſte getrieben hätte. Unterdeſſen, da die Marquiſin, der ein ſolches Verfahren beſchwehrlich fiele, ſich ſchmäuchelte, daß der Herzog aus lauter Höflichkeit alſo handelte, um ſie nicht in ihrer Rede zu unterbrechen, bemühete ſie ſich beſtändig demſelben Gelegenheit zum Reden zu geben. Wie ſie aber ſahe, daß er ſich halsſtarrig die Zähne von einander zu thun widerſetzte, und ſich vor

E 5   groſ-

groſſer Luſt zum Lachen in die Lefzen biſſe, bezoge
vor Schande eine Röthe ihr Geſichte und aus Verdruß ſich alſo aufgezogen zu ſehen ſtunde ſie trotzig
auf, und nachdem ſie einige Blicke voll Verachtung
auf ihn ſchieſſen laſſen; gienge ſie fort, entſchloſſen
ſich zu rächen, es ſeye um was vor einen Preis es
wolle.

Kaum hatte ſie ihre Caroſſe beſtiegen, wo ſie den
Mitteln, die eben empfangene Beleidigung zu vergleichen, nachdachte, als der Herzog der die ſeine in
Bereitſchaft zu halten Befehl gegeben, dieſelbe eiligſt beſtiege, und ſich in vollem Lauf zu der Gräfin
begabe; weil die Marquiſin daſelbſt noch nicht angekommen ware, hatte er Zeit ihr die ganze Begebenheit zu erzählen, und ſie um Erlaubniß zu bitten, daß
er ſich in ihr Cabinet verbergen dürfe, um, wie er ſagte, wegen der Beſonderheit der Sache, ein ſelbſt
hörender Zeuge der Erzählung, welche die Marquiſin von dieſem Beſuch ablegen würde, ſeyn zu können. Der Herzog, die Gräfin und einige andere
Damen von ihren Freundinnen, die ihr im Vorbey-
gehen eine Viſite gaben; lachten aus voller Kehle ſo
ſehr über dieſe luſtige Begebenheit, die der Herzog
mit allen Umſtänden auf eine höchſt lächerliche Art
beſchriebe, daß ſie faſt vor Lachen zu ſterben vermeynten.

Als man eine Caroſſe kommen hörte, und wußte,
daß dieſes die Marquiſin ware, wurde der Herzog
in das Cabinet geſchoben, und die Thür hinter ihm
zugeſchloſſen, worauf alle Damen, begierig das Ende dieſes kleinen Streiches zu ſehen, ſich mit einer
groſſen

grossen Ernsthaftigkeit wafneten, um der Marquisin keinen Verdacht von dem, was vorgegangen, zu verursachen.

Während daß alle Frauenzimmer sich ein wenig von dem Lachen, das sie eben verführet hatten, erholeten, und ihr Gesicht wieder in Ordnung brachten, kame die Marquisin mit niedergelassenem Schleyer und stieße von Zeit zu Zeit grosse Seufzer aus, welche aus einem lebhaft von Schmerz durchdrungenen Herzen herzukommen schienen.

Was ist euch, meine liebe Dame, sagte die ihr sich nähernde Gräfin, befindet ihr euch unpaß? Himmel was vor ein Unglück! Die Marquisin antwortete, indem sie ihre Hände gen Himmel erhube, um ihrer verstellten Traurigkeit eine grössere Wahrscheinlichkeit zu geben. Ach! was vor ein Unglück! Endlich hobe sie den Schleyer ein wenig auf, damit man ihre Augen, aus denen ein mit Boßheit vermischter Verdruß strahlte, sehen möchte. Ach! lasset mich einen Augenblick erholen, fuhre sie fort zu sagen; als jede sich eifrig bemühete sie zu fragen, was ihr so heftige Gemüthsbewegungen verursachen könnte, und alle sich einbildeten, daß das nichts als Wirkungen des Verdrusses den sie empfände von dem Herzog aufgezogen zu seyn; seyn könnten; sie erstaunten aber als die schlaue Marquisin also zu reden anfienge: Ach! meine Frauen, der klügste Kopf ist nicht mehr in der Welt, der arme Herzog von Roquelaure ist gestorben. Was gestorben? unterbrache sie die sich

recht

recht verwundert ſtellende Gräfin. Es iſt nur allzu wahr und allzu gewiß, verſetzte die ſchalkhaf-
te Marquiſin, dann kann man ſtärkere Merkmaale von dem Tod einer Perſon haben, als
wann ſie nicht mehr redet, und kein Wort von
ſich giebt: Auf dieſe Worte, welche ſie mit einer
ſcherz- und boßhaften Stimme vorbrachte, erhuben alle Damen, ausgenommen die Gräfin, ein
groſſes Gelächter, weil ſie alle leicht vermerkten,
wo dieſe Boßheit hinziele, die dem Herzog, wie
man ſich vorſtellen kann, genug zu verſchlucken gabe, der in ſeinem Gefängnis nichts weniger als einen
ſolchen Spott erwartet und auch nachgehends ge-
ſtanden hat, daß er ſich niemals in einem gleichen
Zwange befunden habe. Die wegen ihrer Rache im
höchſten Grad vergnügte Marquiſin, bliebe länger
zu Paris, als ſie ſich vorgeſetzt hatte, und dieſes
blos darum damit ſie den Lärmen den dieſe artige
Begebenheit verurſachet, bekannt machen könnte; ſie
wurde auch hierinn ſo wohl vergnüget, daß in wenig
Tagen ganz Paris hiervon benachrichtiget worden,
ohngeachtet aller Vorſicht, die der Herzog angewendet, zu verhindern, daß ſeine Schande nicht
bekannt würde. Wie endlich die Marquiſin ſahe,
daß ihre Rache vollkommen ſeye, reiſete ſie ab, den
beſtürzten Herzog ſehr zornig gegen die Gräfin zurück-
laſſend, von der er glaubte daß ſie mit ihr wegen
dem Spott der ihm widerfahren ware, ein Verſtänd-
nis gehabt hätte. Wir werden in der folgenden Begebenheit ſehen, wie er ſich gerächet.

Die

Die zehende Begebenheit.
Von der Kindbetterin.

Der Herzog von Roquelaure der den Streich der Marquisin, wegen welchem jedermann ihn plagte und fast mit Fingern auf ihn zeigte, und die Untreue der Gräfin, von der er glaubte daß sie an dem Betrug Antheil gehabt hätte, nicht vergessen konnte, verstellte voll Verlangen deswegen Rache zu nehmen, nichts desto weniger seinen Verdruß, und besuchte die Gräfin nach Gewohnheit, indem er wohl vorher sahe, daß wann er anderst verführe, sie einen Verdacht wegen einem neuen Vorhaben schöpfen, sich ihm entziehen und damit den Stricken die er ihr stellte, ausweichen würde. In der That hatte die Gräfin weil sie ihn oft bey sich sahe nicht den geringsten Verdacht daß der Herzog einen heimlichen Groll gegen sie hegen sollte; es ware dennoch nichts gewissers, dann als sie sich auf guten Glauben von dem Herzog und seinen verstellten Höflichkeiten einnehmen ließ, überlegte er in Geheim die Mittel die er gebrauchen wollte, seine Rache vollkommen zu machen; die Betrügerey ware bald erdacht, er mußte aber nicht, wie er sie ausführen sollte, weil die Gräfin geschwind in seinem Hauß seyn mußte; es gienge ihm dieses doch endlich von statten; sehet, wie er den Vogel gefangen.

Er gienge zu der Gräfin, und sagte nach einigen Höflichkeiten zu ihr: Madame, ich hinterbringe euch eine

eine gute Neuigkeit, die euch auch ein wenig angehen
wird, wann es anders wahr iſt, daß ihr meine
Freundin ſeyd : meine Frau iſt von einem ſehr groſſen Knaben entbunden worden, vor deſſen Vater
ich mich bekennen muß, weil er mir gleichet, wie ein
Ey dem andern; da ich nun im Begrif bin augen-
blicklich nach Hofe zu reiſen und den König ohnge-
ſäumt zu Gevatter zu gewinnen, weil ich dem Neu-
gebohrnen ſeinen herrlichen Namen beylegen will; ſo
bitte ich euch Madame, die Gütigkeit zu haben,
während meiner Abweſenheit vor die Kindbetterin zu
ſorgen, und ihr vieles Vergnügen zu verſchaffen.
Die höfliche und allzu leichtglaubige Gräfin die alles
vor gültiges Geld annahme was ihr der ſich ver-
ſtellende Herzog vorſchwatzte, wünſchte ihm bey
Schluß ſeiner Rede, ohne weiter eine Aufmerkſam-
keit darauf zu haben, wegen dem von dem Himmel
erhaltenen neuen Geſchenke Glück, und verſprache
alle mögliche Sorgfalt anzuwenden, damit die Herzogin ſeine Frau ergötzt und vergnügt würde. Hierauf giengen ſie wohl zufrieden von einander; die Gräfin wegen der glücklichen Niederkunft ihrer Freundin,
welche ſie Nachmittag zu beſuchen verſprochen hatte,
und der Herzog, daß er ſie ſobald in ſeinem geſtell-
ten Garn gefangen, da er vorgegeben, daß ſeine
Frau eine Kindbetterin ſeye, die im Gegentheil mit
einigen von ihren beſten Freundinnen nach Gentilly
gegangen, um daſelbſt Luft zu ſchöpfen.

Wir wollen aber die Gräfin zu dem Beſuch ſich
ankleiden laſſen, und ein wenig die Anſtalten ſehen,
die

die der Herzog zu dem Luſtſpiel welches er aufzuführen beſchloſſen, machte.

· So bald er nach Haus gekommen (dann man muß
wiſſen, daß ſeine Reiſe nach Hof nur ein Vorwand
war, um ſein Spiel beſſer zu verbergen) gabe er zu allen nöthigen Sachen Befehl, damit ſein Streich be-
günſtiget würde; er unterrichtete alle Hausgenoſſen
von dieſem Vorhaben, und nachdem er ihnen von
allem was ſie dabey zu thun hätten Nachricht gegeben, gebothe er die Sache geheim zu halten, wo-
fern ſie ihre Bedienungen nicht verliehren wollten:
alsdann lieſſe er ein ſeiner Frauen zuſtändiges Zimmer vortreflich zubereiten, und daſelbſt ein prächti-
ges Bett aufſchlagen; und überhaupt unterlieſſe er
nichts, was er vor wirklich nöthig hielte, ſeine Betrügerey vollkommen zu machen und ihr alle Förmlich-
keiten beyzulegen.

· Wie nun die Zeit kurz ware, und er noch unberei-
tet angetroffen zu werden befürchtete, lieſſe er zwey
Cammerjungfern die ſeine Frau bedieneten, kommen, und ſich als eine Kindbetterin ankleiden; hierauf legte er ſich zu Bette, und ließ ſich mit vielen
groſſen und kleinen Küſſen bedecken, damit man ſein
Geſicht nur ein wenig ſehen möchte: überdieß wurden die Vorhänge des Betts und der Fenſter zugezogen, auf daß er durch Hülfe der Dunkelheit ganz
unerkenntlich ſeyn und ſeinen Streich beſſer ausführen könnte. Mit einem Wort; als der wie eine
Doctorsfrau verſtellte Harlequin ſich bey dem Pier-
rot für ein Kammerkätzchen verdingen wollte, ware

er weder ſo wunderlich noch ſo lächerlich anzuſehen,
als unſer Herzog in dem Anzug einer Kindbetterin.

Als man den Herzog benachrichtigte, daß eine
Kutſche vor ſeinem Pallaſt ſtünde, worinn die Frau
Gräfin von S * * * ſich befinde, welche ſeine Gemahlin beſuchen wolle, ware ſchon alles auf das Beſte an-
geordnet; deswegen ſagte er: Gut, gut, das iſt
die Eröfnung des Schauſpiels; man laſſe ſowol
ſie, als alle andere Damen die nach ihr kommen werden, hieher kommen. Aber ich ge-
biethe, daß ein jedes ſich wohl in acht nehme,
nicht das Geringſte merken zu laſſen, noch einigen Argwohn zu geben. In dem trate die Gräfin in das Zimmer; ich will nicht alle Freundſchafts-
bezeugungen, die ſie und die verſtellte Kindbetterin
einander gaben, erzählen, und nur ſagen, daß
· nach den erſten Höflichkeiten die Rede anfänglich von
allgemeinen Dingen geweſen, nach und nach aber
auf die Mannsperſonen gefaßen. Ach! werrheſte
Frau, ſagte die Gräfin, ſind wir nicht recht un-
glücklich, daß wir ſo vielen Gebrechlichkeiten
unterworfen ſeyn? Warum läßt uns der Himmel mit ſo vielen Vorzügen gebohren werden,
wann wir ſolche ſo theuer bezahlen müſſen,
und das kleine Vergnügen, das wir in dem
Umgang mit den Männern haben, mit ſo vieler Widerwärtigkeit und durch ſo viel Uebel
denen unſer beweinenswürdiges Schickſal unterworfen, geſtöret ſeyn ſoll. Die Männer
ſind groſſe Betrüger, fügte die falſche Wöchnerin
hinzu, weil ſie unſre Leichtglaubigkeit hinterge-
ben;

)en ; dann wann sie ihre Lüste einmal vergnü-
zet und uns angefüllet, geben sie uns gute Nacht:
diese Verräther lassen uns alsdann sitzen und die
Verachtung folget der Liebe auf dem Fusse nach;
ja , gewißlich, fuhr sie fort, wann alle Frauen
meinen Sinn hätten, würden alle beschnitten
werden. Sachte, sachte, meine Freundin, fiel ihr
die Gräfin schnell in die Rede , ich setze mich dagegen; das, gegen welches ihr so sehr aufgebracht
seyd, ist vor unsre Ruhe allzu wesentlich, als
daß es aus der Welt verbannet werden sollte,
indem es die Quelle aller Ergötzlichkeiten ist.
Was mich betrift, versetzte die verstellte Wöchnerin, so achte ich solche Kleinigkeiten gar nicht, ja
ich habe davor einen solchen Eckel, daß ich nicht
das Geringste daraus mache; überdieß hat der
Herzog mein Gemahl einen grossen ——— und
ich empfinde seine Annäherung so wohl, daß ich
dem Bißgen Vergnügen, welches mir dieses erwecket, von Hertzen gern absagte, nur damit
ich die Uebel, die er mich leiden lässet, nicht
ausstehen dürfte. Ey! nahme die Gräfin das Wort
auf, wann uns nur erlaubt wäre einen Tausch
zu treffen! Ihr beklaget euch , daß der eurige
zu groß ist, und mir ist der meinige nicht zurei-
chend : dann ich kann euch versichern, daß der
Graf mein Gemahl keinen grössern als eine Sar-
delle hat, und bey allem diesem thut er es nicht
so oft als ich will, er begnüget sich nur mir das
Maul wässerig zu machen, und das ist alles;
er läßt mich eine Fasten halten, die mich verzweiffelt macht, und da ich eine angebohrne sehr star-

te Neigung habe, ſo urtheilet, Wertheſte, ob
eine Frau mit einer ſo kahlen Faſten vergnügt ſeyn
kann: ihr ſehet, ich begehre nicht mehr als eine
andere, doch will ich wenigſtens zur Genüge
haben.

Was ware das nicht vor ein Vergnügen für den
Herzog, die allzu aufrichtige Gräfin alſo reden zu
hören; er ſprache dahero viel dreiſter, und ſie, da
ſie ſich durch den Herzog, den ſie vor die in der Kind-
bett liegende Herzogin hielte, unterſtützt ſahe, redete
viel beherzter. Ich will nicht alles umſtändlich beſchreiben, was von beyden Theilen geredet worden:
dann um die Beſcheidenheit des Leſers zu ſchonen wird
es genug ſeyn wann ich ſage, daß der Herzog alles
mögliche angewendet, die Gräfin zu Begehung der
größten Thorheiten zu bewegen, indem er geglaubt,
daß ſeine Rache unvollkommen ſeye, wann dieſes un-
terbleibe.

Indem ſie noch mehr dergleichen ſchöne Sächelgen
ſagen wollten, kamen auf einmal drey alte Marqui-
ſinnen und eine verrunzelte Baroneßin, an denen
der Herzog ſchon längſt ſein Müthchen gern gekühlt
hätte, weil ſie ihn einmal in einer zahlreichen Geſellſchaft einen Unbeſonnenen geheiſſen. Dieſe vier
ehrwürdige Feen hatten kaum das Zimmer betretten
und die erſten Höflichkeiten abgelegt, als ſie ſich dem
Bett der verſtellten Herzogin näherten und weil ſie
ſehr geſchickte Frauen waren, die mit dem Schweiß
ihres Leibes in dem Handwerk groſſe Erfahrung er-
langet, ſo betaſteten ſie alſobald den Bauch der ver-
meyn-

meynten Kindbetterin, um zu sehen in was vor einem Zustand die Oefnung seye; die Gräfin von S***, welche, weil sie noch sehr jung, und folglich in den Gebräuchen die in dergleichen Fällen bey den Kindbetterinnen beobachtet werden, unerfahren ware, bisher nichts dergleichen gethan hatte, leistete hierinn den Alten Gesellschaft, und betastete als eine erfahrne Frau; als sie endlich alle mit ihren Händen ohngefähr an die Gegend, wo sie die Wunde vermutheten, gefühlet, merkten sie, ich weiß nicht was Grosses und Zurückschlagendes, welches mit einer schnellen Bewegung ihre Hände zurück trieb. Die verstellte Herzogin fienge hierauf an zu schreyen und sich zu beklagen, daß ihr durch dieses Anrühren grosse Schmerzen verursacht würden.

Nachdem diese fünf Frauenzimmer nach voller Genüge gefühlt und wieder gefühlt hatten; beschlossen sie einmüthig daß die Herzogin noch mit einem Kinde niederkommen würde. Es ist nur allzu wahr, sagte eine von den alten Nachteulen, dann so fern ich mich nicht irre, habe ich einen Kopf verspühret; eine andere behauptete im Gegentheil, daß es ein Bein seye; die dritte überstritte die anderen es wäre ein Arm, und die Gräfin, welche das Beyspiel ihrer Gespielinnen beherzt gemacht, versicherte, daß keine Zeit zu verliehren seye, und man müsse eiligst nach dem Stuhl senden. Auf diese Worte verdoppelte die vermeynte Kindbetterin ihr Schreyen und ihr Klagen, und rufte als eine Verzweiffelte: ach! sagte sie, ich kann nicht mehr! ach! ich ersticke.

D 2   Als

Als unsere alte Damen sahen, daß die Herzogin in
Lebensgefahr seye, wann man ihr nicht eiligst zu Hülfe komme, waren sie alle in voller Bewegung; die eine
legte warme Küssen auf den Bauch und die Lenden;
eine andere bestriche die Schläfe und die Nase mit
Ungrischem Wasser; die dritte hielte den Kopf; die
vierte ertheilte die nöthige Befehle, und die Gräfin
bemühete sich die Herzogin zur Gedult zu ermahnen,
damit sie ihr Creutz als eine gute Christin ertragen
möchte; je mehr sie sich aber mit Helfen bemüheten,
je ärger schrie der Herzog als eine Person die viel ausstehen muß: Ach! ich gebähre! In dem sie hiermit
beschäftiget waren, kame der Stuhl an, worauf jede ein Glied anfaßte und alle den Herzog so sanft als
möglich in denselben setzten. Da sie sehr scharf in der
Arbeit begriffen waren, um das Kind welches das
Licht der Welt erblicken sollte, zu empfangen, betasteten sie beständig ein gewisses Glied des Herzogs,
in der Meynung, daß dieses die Frucht der Herzogin
seye; und jede murmelte zwischen ihren Zähnen, ich
weiß nicht was, vor die glückliche Entbindung der verstellten Kindbetterin daher; sie betasteten und such-
ten bald unten bald oben, ohne daß das Geringste zum
Vorschein kommen wollte, daher sie glaubten daß
was ausserordentliches hierunter verborgen seye; dann
je mehr sie betasteten, je mehr bemerkten sie, daß das
Kind, welches anfänglich hart gewesen, in ihren
Händen unvermerkt weich und lind wurde, deswegen
hielten sie solches vor lauter traurige Vorboten, und
vermutheten daß die Geburt entgehen werde.

Der

Der Herzog konnte aber das Uebel, welches seinem
armen Glied hierdurch widerfuhre, nicht länger aus-
dauren; hielte derohalben davor, daß es Zeit zu Auf-
lösung dieses Spieles seye und schrie mit schwacher und
langsamer Stimme: Ach meine liebe Freundinnen,
laßt die Vorhänge aufziehen, und sehet bey der
Helle, ob dann kein Hülfsmittel mehr übrig ist.

Alsobald liesse ein Dienstfertiges Mägdchen den
Tag in das Zimmer und die Damen knieten nieder
damit sie zu der unternommenen Verrichtung geschick-
ter seyn möchten. Aber wie groß ware ihre Verwunderung und Erstaunen, und von was vor einem
Donnerkeul hielten sie sich nicht vor getroffen, als sie
den Herzog auf einmal in diesem lächerlichen Aufzug
erkannten! Was für ein Zerstreu-und Ueberraschung
ware das nicht als sie inne wurden, daß sie einen Mann
hatten gebähren lassen wollen, und daß das Kind, welches sie in ihren Händen zu haben glaubten, nur die
Puppe des Herzogs gewesen; alle liessen ihre Beute
fahren und liefen ohne auf etwas Acht zu geben als
wann sie Feuer im Hintern gehabt hätten; nur allein
die Gräfin, welche auf die arme Docke allzu erpicht
ware, bliebe noch zurück, und wollte den Herzog mit
aller Gewalt gebähren lassen, hätte auch demselben
gewiß seinen ganzen Kram herausgerissen, wann er
nicht aus vollem Halse geschryen: Sachte, Madame, sachte; dieses ist nicht vor euch: ey! ey! die
schöne Fischerin, wie kommet ihr hieher? Gehet,
wann es euch gefället, und ziehet die Sardellen
des Grafen eures Gemahls heraus, lasset mir
aber dargegen meine Sachen an seinem Ort.

Als

Als die Gräfin hierauf ihre Augen erhube, und
solche aufmerksam auf den Herzog richtete, erkannte sie sowol denselben als das Werkzeug so sie in
Händen hatte, plötzlich; fienge deswegen ein ver-
teuffeltes Geschrey an, und ohne lange Zeit mit Er-
forschung dieses Geheimnisses, welches sie, wie ihre
Gesellschafterinnen, mehr vor eine Bezauberung als
Wirklichkeit hielte, zuzubringen, suchte sie ganz auf-
ser sich selbst die Thüre, sprange die Stiege so eilig
hinunter, daß sie fast allezeit vier Treppen auf einmal nahme, fiel zwey bis dreymal, stund eben so oft
wieder auf, und kame ganz auſſer Athem zu ihren
Gespielinnen, die eben in die Kutsche steigen wollten,
und mischte sich voller Verwirrung unter dieselbe,
damit sie unter Weegs mit diesen Damen von
dem ihnen den Augenblick begegneten Zufall reden
könnte.

Der Herzog ware über diesen Ausgang seines Be-
trugs höchstens vergnügt, machte denselben allenthalben bekannt, und jedermann ergötzte sich darüber;
wir werden aber in dem folgenden sehen, wie diese
Damen sich gerächet.

Die eilfte Begebenheit.

Der geplünderte König.

Gleichwie die Frauenspersonen in allen Leidenschaf-
ten, dergleichen die Liebe und Haß sind, viel
empfind-

mpfindlicher als die Männer seyn; so sind sie es in der
Rache noch vielmehr: wann sie einmal beleidiget wor-
)en, ist nichts fähig ihrem Gedächtniß die Erinne-
:ung des ihnen verursachten Mißvergnügens auszu-
öschen. Es scheinet selbst daß sie in ihrer Pein einen
Trost fänden, wann sie ihrem Zorn freyen Lauf las-
en können. Dieses, was ich hier sage, wird durch
)iese Begebenheit bestättiget.

Die ehrwürdige Wehemütter waren durch den ih-
ien von dem Herzog gespielten Streich dergestalt be-
chimpfet, daß ihnen Tag und Nacht nur von Ra-
he träumete: sie hielten lange Zeit Berathschlagun-
en um ein Mittel auszusinnen alle mögliche Rache
eswegen nehmen zu können; dann der Schimpf der
)nen angethan und jedermann bekannt worden, la-
e ihnen dergestalt am Herzen daß sie fest entschlos-
:n waren alles anzuwenden damit nur der schimpfliche
Stoß den ihr Ansehen erlitten hatte, bald ausgewetzt
erden möchte.

Als sie dieses wohl überlegten fielen ihnen zwar häu-
ze Mittel ein, jedoch wurde keines vor gut befunden,
eil diese schlaue Mücken vorher sahen, daß die vori-
: Begebenheit noch allzu neu seye, als daß man hof-
n könnte, der Herzog würde sich in ihre Netze zie-
n lassen. Mit so vieler Geschicklichkeit sie auch ih-
Empfindlichkeit hierüber verstellet, so ware doch
r Herzog in Entdeckung ihrer Absichten noch viel
schickter, und vermiede dahero die Gesellschaften
o sie auch waren mit grosser Sorgfalt, nicht zwar
iß es demselben wann sie ihm einigen Possen gespie-

D 4   let,

let, an Betrügereyen zum Wiedervergelten gefeh=
let hätte, ſondern vielmehr um ſie an Erreichung ih=
res Zweckes zu verhindern.

Dieſe Damen wußten ſehr wohl daß der Herzog
alle ihre Anſchläge auf das geſchickteſte vernichtete,
und daß ſie folglich das Waſſer nur gänzlich helle
machen würden; wann ſie nicht zu einer fremden
Hülfe Zuflucht nähmen. Sie beſchloſſen derohalben
einige Damen von ihren Freundinnen, unter denen
eine gewiſſe Baroneßin ware, die von dem Herzog in=
brünſtig geliebet wurde, zu ihrer Parthey zu ziehen,
dabey aber denſelben die That die ſie im Sinn hatten,
nicht zu vertrauen. Wie ſich nun unſere Heldinnen
der Freundſchaft verſchiedener Damen verſichert hat=
ten, that die Gräfin von S * * *, die gewißlich vor
allen andern am meiſten erzürnt und aufgebracht ware,
ihren Freundinnen den Vorſchlag, den Nachmittag
bey der Baroneßin, die eine aufgeräumte Frau wa=
re und die Geſellſchaften ſehr liebte, zuzubringen,
welcher Vortrag auch von allen gebilliget wurde.

Als unſere Geburtshelfferinnen die Sache auf ei=
nem ſo guten Weeg ſahen, ſchliefen ſie, wie man ſagt,
die ganze Nacht nicht, ſo ungedultig waren ſie auf
die Rache; und wendeten die Zeit die dem Schlaf
gewidmet ware, zu tauſend verſchiedenen Gedanken
an. Als endlich der Tag angebrochen und die
Stunde der Zuſammenkunft herbey kame, begaben
ſie ſich alle fünf ſo bald an den benennten Ort, daß
ſie die erſten waren, weil ſie faſt die Zeit, wo ſie den
Herzog in ihre Klauen bekommen würden, kaum
erwarten konnten. Nicht lang darnach kamen die
andere

andere Damen auch zu der Baroneßin, bey welcher die Comödie gespielet werden sollte.

Der Herzog von Roquelaure, der, wie ich ge‑ sagt habe, in die Baroneßin heftig verliebt ware, und von der Verschwörung, die wider ihn und sei‑ nen armen Krämpelmarkt entworfen worden, nichts wußte, langte gerade in dem Augenblick an, da man von ihm redete; dann man muß wissen, daß alle Damen die Unterredung angefangen, welches der Baroneßin als sie den Herzog kommen sahe, Gele‑ genheit gegeben, zu sagen: daß, wann man von dem Wolf rede, derselbe komme. Er hatte aber bey seiner Liebsten keine so zahlreiche Frauenzimmer‑ gesellschaft vermuthet, und seine Verwunderung wa‑ re noch grösser als er seine Geburtshelfferinnen darun‑ ter erblickte; er wollte wieder fort gehen, als ihm die Baroneßin, die ihn bey dem Arm zurückhielte, durch ihre Gesichtszüge zu erkennen gabe, daß sie böse auf ihn seyn würde wann er die Gesellschaft ver‑ lassen wollte, und denselben neben sich sitzen ließ. Er vermuthete anfänglich eine Verschwörung wider sich; indem er sich aber auf guten Glauben zu der Baro‑ neßin, die ihm so viele Höflichkeiten erwiese, nieder‑ setzte, konnte er sich nicht vorstellen daß sie zu einer Betrügerey die Hände zu bieten fähig seye. Sie dachte auch in der That gar nicht daran; dann sie wußte von dem, was man gegen ihren Liebhaber vorhatte, nicht das Geringste.

Wie der Herzog durch die Vernunft befriediget war, wurde er wieder aufgeräumt, und alle durch

D 5   sein

ſein Beyſpiel beherzt gemachte Damen thaten ein Glei-
ches ; man nahme Sitz und die Unterredung ware
einige Zeit über verſchiedene luſtige Sachen. Als
aber die Geſellſchaft vom Reden müde zu werden an-
fieng, nahme die Baroneßin das Wort auf, und
thate den Damen den Vorſchlag einige Spiele zu
ſpielen, wobey ſie das blinde Ruhſpiel und den ge-
plünderten König nannte. Alle befanden dieſes
vor gut ; weil man aber bey dem erſten in Gefahr
ware ſich zu verwunden, wurde das letztere vor beſſer geachtet. Bey meiner Treu, das iſt vortreflich, ſchrie der Herzog, den die Frölichkeit der
Baroneßin auch frölich machte. In dieſem Augenblick kamen einige gute Freunde von dem Herzog,
die, nachdem ſie das Frauenzimmer gegrüſſet, auch
mitzuſpielen verlangten. Die Baroneßin antwortete denenſelben: Meine Herren ! es wird ihnen
dieſes mit vielem Vergnügen zugeſtanden, dann
je mehrere närriſch thun, je mehr lacht man.

Als ein jedes hierauf groſſes Verlangen nach dem
Anfang der Luſtbarkeit zeigte, wurde das Loos gezogen, wer am erſten König ſeyn ſollte. Das Frauenzimmer nahme dabey ihre Maaßregeln ſo wohl, daß
das Loos auf den Herzog fiele, den wir bald in einem
luſtigen Aufzug ſehen werden.

Damit aber dem Leſer kein Verdruß verurſachet
wird, will ich mich nicht lange mit Nebendingen auf-
halten, und mit einem Wort ſagen, daß das Spiel
angefangen worden. Den ſtumpfnaſichten Herzog
ſetzte man in einen Lehnſtuhl, worauf ſowol alle Damen

men als auch die Cavalier ihre Schuldigkeit so braf
verrichteten, und ihre Person so ernstlich vorstellten,
daß der elende Herzog in weniger als einer Viertel-
stunde bis auf die Schlafhosen ausgezogen wurde.
Dem ohngeachtet setzte man das Spiel beständig fort;
man wollte ihn selbst wegen der Besonderheit der
That, so nackend als eine Hand machen; aber die Geburtshelfferinnen hatten grosse Lust den Herzog ab-
zuprügeln, und gestatteten dahero hierzu keine Zeit
mehr: dann indem sich eine jede mit einer grossen
Hand voll Ruthen, Hämmern und Geisseln bewaf-
net, mit denen sie sich aus Vorsicht versehen hatten,
fielen sie wie Furien auf den armen Herzog, dessen
Kleider sie verbargen und alsdann auf seinen elenden
Hintern starke Streiche führten, den sie auch so be-
wundernswürdig zerpeitschten, daß die Schläge wie
Mücken auf seine Haut fielen; mit einem Wort, es
haben niemals Frauen weder mit grösserer Lust noch
grösserer Tapferkeit als unsere heldenmüthige Käm-
pferinnen zugeschlagen.

Unterdessen vertheidigte sich der Herzog, dem dieser Scherz auf keine Weise angenehm ware, und der
den lebhaften Angrif auf seine Vorstadt mehr als zu
viel fühlte, wie ein Verzweiffelter; das ist: mit der
Zunge und den Klauen; da er ohne Peruque und ohne Schuhe ware, und folglich einem Zwergen ähnlich sahe, bückte er sich von Zeit zu Zeit, wodurch
er dem Platzregen von Streichen, die auf sein Ge-
rippe fielen, entkame. Eben so leicht wie ein Ball-
meister und Seiltänzer sprange er bald auf eine Seite bald auf die andere, und die erbitterte Frauenzimmer

mer verfolgten ihn mit ſo groſſer Hitze , daß ſie ihn
rechtſchaffen ſchlugen und geiſſelten.

Als endlich der Herzog ſahe , daß man aus allen
Kräften auf ihn loßhiebe, und daß man geſonnen
ſeye , ihn rechtſchaffen zu zergeiſſeln , ballte er ſeine
Fäuſte zuſammen , entſchloſſen die Freyheit ſeiner
Arsbacken recht theuer zu erkaufen, miſchte er ſich
ganz ungeſtüm in den Haufen , ergriffe die Gräfin
von S * * * , der er den Rock aufheben und ſie auch
geiſſeln wollte , nachdem er ſich durch Fauſtſtreiche
auf allen Seiten Luft gemacht ; als die Baroneßin ,
die andere Damen und die Freunde des Herzogs ,
welche dieſes Scharmützel nur vor ein Luſtſpiel gehalten hatten , auf das Schreyen des Herzogs, der wie
ein im Koth ſteckender Fuhrmann fluchte , eiligſt herbey kamen , und die Streitende trenneten.

Die ſo tapfer auf den Hintern zuhauende Frauen
wollten nicht davon ablaſſen; der Herzog, der ſich ſeiner Seits wie ein Ringer wehrte , warf die Streiche
bald auf ein Ohr , bald auf einen Kinnbacken , zer-
ſchmetterte eine Naſe , ſpie der einen ins Geſicht ,
und der andern kratzte er die Haut auf; es ware endlich
dieſes der allerluſtigſte Auftritt von der Welt ; ſelbſt
in der Hitze des Gefechts funkelte allenthalben eine
kriegeriſche Wuth: der Herzog führte auf die Baroneßin die er vor ſeine Feindin anſahe , einen ſo
derben Fauſtſtreich, daß ſie ihm in das Geſicht ſpran-
ge , und den Bart Haarweiß ausgeriſſen hätte ,
wann die Freunde des Herzogs , die dieſes ihm angethane harte Verfahren nicht länger leiden konnten,
nicht

nicht Friede gebotten, und den Damen selbst gedrohet hätten, daß wo sie mit den Feindseeligkeiten fortfahren würden, sie sich auf die schwächste Seite wenden wollten. Hierauf wurde zwar mit den Schlägen,
aber nicht mit Schmähworten inne gehalten; dann
w unsere Heldinnen die Hände nicht mehr durften
spielen lassen, schändeten sie den armen Gegeisselten
rechtschaffen; sie hiessen ihn bald einen Stinkenden,
bald einen Unflätigen, Ungestalten u. s. f. Da nun
dieser dazumal nichts besser als seine Zunge gebrauchen konnte, weil alle andere Theile seines Leibes
zermalmet waren, so liesse er dieselbe tapfer hören,
und plauderte so viele närrische und unzüchtige Dinge
daher, daß das Frauenzimmer genöthiget wurde
den Kampfplatz zu verlassen, wodurch also diese lustige Begebenheit auf einmal geendiget worden. Der
Herzog kame also davon, daß er sich nur die Arsbacken mit einer guten Salbe für die Schläge schmieren lassen muste, und in acht Tagen nicht auf dem
Hintern sitzen konnte; die Damen bekamen aber dabey einen zerrißnen Hauptschmuck und nicht wenig
Stösse.

Wie diese Geschichte zu Paris und bey Hof bekannt
wurde, lachte ein jedes sich hierüber genug; iht, die
ihr dieses hierdurch auch erfahren, könnet wann es
euch beliebet deswegen auch lachen.

Die zwölfte Begebenheit.

Die Hörner.

Der Herzog von F * * * ware eines Tags bey
der Madame Dauphine, wo der Herzog von
Roquelaure sein Freund sich auch befande, der sich
wegen eines ihm von dem Herzog von F * * * ge=
spielten Streiches rächen wollte, und dahero dieser
Prinzeßin, ohne sich weiter zu erklären, eiligst be=
richtete, daß er den Augenblick den Herzog von
F * * * in ihrem Vorzimmer den Ehrendamen
das, was er bey sich hätte, hätte zeigen sehen.

Die Madame Dauphine, die, wie man weiß, von
der Zahl derjenigen Klugen ware, welche auf den ge=
ringsten Anschein eines Uebels in eine heilige Wuth
versetzet werden, empfande die ihrem Frauenzimmer
eben angethane Schmach auf das lebhafteste, und
klagte bey dem Könige deswegen, der über diese
Grobheit bestürzt, den Herzog von F * * * ruffen
liesse, um ihn wegen dieses Verfahrens um die Ur=
sache zu befragen; der Herzog verwunderte sich aber
hierüber nicht wenig, und da er in diesem Stücke
ein reines Gewissen hatte, so verantwortete er sich
wegen der That weswegen er angeklaget worden, in=
dem er den König ersuchte seine Ankläger gegen ihn
zu stellen: weil nun dieses Gesuch der Billigkeit ge=
mäß ware, liessen Se. Majestät den Herzog von
Roquelaure holen, welcher seine Aussage muthig be=
kräf=

kräftigte; da aber die Sache sowol von einem als
dem andern Theil unrecht verstanden worden, so erklärte er dieselbe auf der Stelle. Wie aber der
König beständig darauf beharrte, daß er alle Umstände dieser Begebenheit zu wissen verlangte, so
antwortete ihm der Herzog von Roquelaure: Ja
Sire, ich habe gesehen daß der Herzog von
F *** allen Ehrendamen der Madame Dauphine, das, was er bey sich hatte, gezeiget.
Hierauf fragte der König: Was aber zeigte er
ihnen? und der Herzog gabe ihm zur Antwort: Er
hat ihnen seine Hörner gezeiget. Da den König
sinnreiche Einfälle jederzeit ergötzet, so lachte er hierüber von ganzem Herzen. Es wurde also diese Begebenheit, die im Anfang ernsthaft geschienen und
betrübte Folgen versprochen, auf die letzte lächerlich:
der einzige Herzog von F *** lachte deswegen nicht,
weil er auf seiner Seite keine Lachende hatte, welches ihn verzweifelt machte.

Man sagt, daß die Madame Dauphine, mit der
Freyheit die sich der Herzog von Roquelaure sie in
sein Netze zu ziehen, herausgenommen, schlecht zufrieden gewesen, und daß sie geglaubt, daß er sie
selbst habe aufziehen wollen; welches verursachet,
daß sie ihn seitdem mit keinem günstigen Auge ansehen können.

Die dreyzehende Begebenheit.

Die sehr sinnreiche Zweydeutigkeit.

Der ganze Hof ware bey der Madame Dauphine versammelt, um sich daselbst zu belustigen und dieser Prinzeßin Vergnügen zu erwecken; ein jedes wählte sich nach seiner Einbildung einen artigen Zeitvertreib; einige spielten niedrige Spiele; andere, die sich lieber ins Verderben stürzten als sich um die Wohlgewogenheit oder Freundschaft der Damen bewarben, spielten Bassette oder Pharao. Die übrige, welche erhabnere und gründlichere Dinge liebten, machten einen Creis und fiengen von verschiedenen scherzhaften Dingen zu reden an. Unsere zwey Herzoge, nämlich der von F * * * und von Roquelaure, hielten es mit den Letztern, und saßen durch einen ungefähren Zufall neben einander. Der Herr von F * * * der noch wegen dem ihm von dem Herzog von Roquelaure zwey Tage vorher gespielten Streich sehr erzürnt ware, entschloße sich in dem Augenblick ihn durch Spaßreden zu beschimpfen; und da sein Freund einem Frauenzimmer, die er inbrünstig liebte und in deren Augen derselbe (da er doch eine Nase hatte, die zuförderst dem Gesicht unangenehm ware,) einige Zeichen der Wohlgewogenheit zu finden, sich bemühete, gerade gegen über saße, sagte er zu dem Herzog von Roquelaure: Mein Freund, du beunruhigest mich sehr; wo du dich nicht bald beräucherst, bin ich genöthiget

get meinen Plaß zu verlaſſen, dann du ſtin-
keſt ſo ſehr, daß mir übel wird. Hierauf antwortete der Herzog von Roquelaure mit einer be-
wundernswürdigen Gegenwart des Geiſtes und einem Ernſt der ſeiner Rede ein Gewicht gab: Es iſt
wahr daß ich ſtinke, und daß ich ſezuweilen
einen Geruch von mir gebe, der nicht ſo angenehm als der von Weyhrauch iſt; ich geſtehe,
daß ich ein recht unangenehmer und ſtinkender
Herr bin, aber was willſt du dann, dieſes iſt
ja nur eine widerwärtige Wirkung der Natur,
die, wie ich glaube, nichts zu meiner Geſtalt
thut. Was aber dich betrift, mein werther
Freund, ſo muß ein jeder bekennen, daß der
Himmel alles an dir gethan hat was er gekonnt.
Dieſe boßhafte Zweydeutigkeit, welche der Herzog
von F * * * nicht erwartet hatte, gabe der ganzen
Geſellſchaft genug zu Lachen, und in weniger als einer Viertelſtunde wußte es der ganze Hof.

Zu Erläuterung dieſer Begebenheit muß man wiſſen daß der Herzog von Roquelaure nur aus der
Naſe übel gerochen, der von F * * * aber aus allen
Theilen ſeines Leibes einen ſehr üblen Geruch von ſich
gegeben; dann man verſichert, daß er gewiſſe verbor-
gene Gebrechen hatte, die dem Geruch unangenehmer als dem Geſicht geweſen: ſo viel iſt gewis, daß
man ſeine eigene Fehler weniger als anderer erkennet;
der Herzog von F * * * ſahe wohl die Fehler ſeines
Freundes, er glaubte aber nicht daß man die ſeine
gewahr würde.

E

Die

Die vierzehende Begebenheit.
Das lächerliche Compliment.

Der Herzog von Roquelaure konnte seine Streiche nicht unterlaſſen, und liebte über dieß jede
Gelegenheit, wo er ſeinen ſcharfen Geiſt zeigen konnte,
machte dahero einſtens den Herrn von Hermenonville
ſehr verwirrt und lächerlich, welches allen die dieſe artige Kurzweil erfahren Stof zum Lachen gegeben, wie
man aus folgendem ſehen wird.

Der Herr von Hermenonville hatte die Gewohnheit an ſich, daß er gegen jeden der ihm Höflichkeit
erwieß, ſich der Redensart bediente: Ich küſſe euch
die Hände. Als er eines Tags in dem Schloßgar-
ten einem Prinzen, der ihm Höflichkeiten erwieſe, begegnete, glaubte er es ſeye ſeine Schuldigkeit demſelben hierauf als ein artiger Mann zu antworten, deswegen er ihm ſtatt eines Gegencompliments antwortete: Monſeigneur, ich küſſe euch die Hände.

Einige Zeit hernach als dieſer Prinz wegen einigem
kleinen Geſchäfte ausgegangen ware und der Dauphin, der ſich damals auch in dem Königl. Pallaſt be-
ſande, in dem Garten ſpazieren gienge, fragte derſelbe einige junge Herren die ihm entgegen kamen,
wo der Prinz ſeye, und wohin er gegangen ?
Der Herzog von Roquelaure der dabey ware als der
Dauphin dieſes zu wiſſen verlangte, nahme das
Wort

Wort auf und sagte: Monseigneur, er wird
bald kommen. Wo ist er dann? fragte der Dauphin; deme der Roquelaure zur Antwort gabe: Er
wäscht seine Hände, die ihm der Herr von Hermenonville eben geküsset hat. Der Kronprinz und
sein ganzes Gefolge lachten von ganzem Herzen über
diesen Scherz, nur der arme von Hermenonville
lachte nicht, der zu vollkommen Machung seines Mißvergnügens sich unter das Gesicht ausspotten sahe; es
ärgerte ihn aber nichts mehr, als daß der Herzog auf
die Lobsprüche die ihm der Kronprinz wegen seinem
lebhaften Geiste beygelegte, nicht anders antwortete, als: Monseigneur, ich küsse euch die Hände, und dieses mit einer solchen Ernsthaftigkeit, daß
ein Todter darüber hätte lachen müssen.

Die fünfzehende Begebenheit.

Die sehr grosse Nase.

Wie der ganze Hof einsmals in dem Zimmer des
Königs versammelt ware, sahe man verschiedene vornehme Prälaten in daßelbe kommen, unter
welchen der Bischof von Puy ware, der eine so lange
Nase hatte, daß er damit, wie man saget, die Fen-
sterscheiben hätte einstosten können. Als der Herzog
von Roquelaure diese Nase sahe, die die seine beschäm-
te, lachte er aus allen Kräften und zeigte auf diesen
neuen Carolum Borromäum mit Fingern. Ein Jeder

der verſtunde die Meynung des Herzogs leicht, wie
auch an wen er Luſt hatte; ſelbſt der König, welcher
den Scherz des Herzogs beobachtet, ſahe zuvor daß
er es dabey nicht werde bleiben laſſen, ſagte dahero zu
ihm ſo laut, daß es von dem ganzen Hof gehöret wer=
den konnte: Roquelaure, ich verbiete euch jemand
aufzuziehen, laſſet die Leute wie ſie ſeyn. Der
Herzog antwortete ihm aber, indem er ſich dem groß=
naſichten Prälaten näherte: Bey meiner Treu,
Ew. Majeſtät wiſſen, daß wann ich auch ſollte
aufgehangen werden, ich doch nicht unterlaſſen
kann zu ſagen, daß dieſes eine hundsfüttiſche
Naſe ſeye, und indem er dieſes ſagte gabe er dem Bi=
ſchof auf ſeine Naſe einen ſo derben Naſenſtüber daß
ihm die Zäher in die Augen traten.

Der gedultige Prälat ſchluckte dieſes Pillulein ſo
ſüß wie Honig hinunter, indem er befürchtete, daß
wann er wegen dieſer Grobheit Rechenſchaft forder=
te, ſolches dem König mißfallen möchte, da derſel=
be, wie er wohl wußte, den Herzog wegen ſeiner
Scherzreden ſehr liebte. Man giebt auch vor, daß
der Biſchof von Puy nur deswegen ſich eingezogen
gehalten habe, damit der Monarch gezwungen ſeye
den Schimpf ſeiner Naſe zu rächen.

Dem ſeye wie ihm wolle, der König ſahe dieſe Sa=
che mit keiner ſolchen Gelindigkeit wie dieſer Prälat
an, aufdaß man nicht glauben möchte, er hätte an
dergleichen Grobheiten ein Wohlgefallen; dann da er
ſich durch verſchiedene Urſachen, die Kühnheit ſeines
Günſtlings, der ſeine Gnade mißbrauchte, zu beſtra=
fen

fen genöthiget sahe; verbothe er demselben den Hof
bis auf neuen Befehl. Wie der gute Prälat sich we=
gen dem ihm der Grösse seiner Nase halben widerfahr=
nen Schimpf so nachdrücklich geråchet sahe, begabe
er sich sehr vergnügt weg.

Der ganze Hof lachte über diesen artigen Auftritt,
ausgenommen der mit einem Nasenstüber beehrte Bi=
schof, auf den man von allen Seiten mit Fingern
zeigte, und deme selbst die Gassenjungen nachliefen
und schryen: Gib Acht auf deine Nase, Herr Abt!
Wir werden aber in der folgenden Begebenheit sehen
wie er den Roquelaure wieder aufgezogen; sie waren
alle beyde Gasconier, welches genug gesagt ist.

Die sechszehende Begebenheit.

Der Nasenzank.

Der König welcher dem Herzog nur den Hof ver=
bothen hatte, damit er ein wenig gezüchtiget
würde, erlaubte ihm wieder daselbst zu erscheinen,
als er glaubte, daß die Empfindlichkeit des Prälatens
sich könnte gelegt haben, und daß das Gerücht von der
vorhergehenden Begebenheit gestillet seye. Demnach
erschiene der Herzog wie gewöhnlich wieder bey Hofe
mit dem festen Entschluß den Bischof von Puy auf
das neue, jedoch mit mehrerer Zurückhaltung als das
erstemal, zu ärgern; die Gelegenheit hierzu zeigte sich

E 3   wenig

wenig Tage nach ſeiner Zurückberufung nach Hof;
folgendergeſtalt begabe es ſich :

An einem Abend als beyde mit dem Könige ſpeißten, der aufgeräumter als ſonſt ware, und da die
Menge der Hofleute ſehr groß geweſen, kame der Roquelaure ein wenig zu ſpat, und konnte ſich nicht durch
den Haufen näher zu dem Könige dringen : er merk-
te aber daß ihn der Biſchof von Puy daran verhinderte ; da er jederzeit einen Scherz bey der Hand und
der Naſe des Prälatens einen grauſamen Krieg ge-
ſchworen hatte, ſchrie er demſelben ein wenig laut zu:
Mein Herr, ich bitte euch um die Gewogenheit
daß ihr eure Naſe ein wenig bey Seit leget, damit ich den König ſehen kann. Der arme Prälat,
welcher den Herzog noch nicht geſehen hatte, hörte daß
ſich jemand über ſeine Naſe aufhielte, und wande ſich
auf die Seite wo die Stimme herkame, wie er nun auf
einmal den geſchwornen Feind ſeiner Naſe erkannte,
antwortete er : Ey! mein Gott, Monſieur, was
habt ihr dann beſtändig mit meiner armen Naſe, die doch nichts davor kann, oder glaubet
ihr daß ſie auf Unkoſten der eurigen gemacht
worden ſeye?

Dieſe Antwort die mit einem erhabnen Verſtand
und groſſen Ernſt ausgeſprochen worden, wurde für
ſehr artig gehalten. Wie der König von dieſem neuen
Streit den dieſe beyde Herren wegen ihren Naſen
gehabt, benachrichtiget worden, lachte er herzlich
darüber und wurde dem boßhaften Prälaten, weil
er ſich ſo ſinnreich geráchet, ſehr geneigt. Es iſt
hier-

hieraus zu ersehen, daß ein Spaßmacher über kurz oder lang seinen Meister findet; der Herzog fande hier auch den seinen und mußte deswegen viele Spottreden ausstehen, er wurde aber dannoch nicht frömmer als zuvor.

❖❖❖❖❖❖❖❖❖❖❖❖ ❖❖❖❖❖❖❖❖❖❖❖❖

Die siebenzehende Begebenheit.

Der Fußstoß an den Hintern, wovor man danket.

Der Herzog von Roquelaure welcher jederzeit sehr boßhaft ware, gienge einstens mit einigen jungen Herren von seiner Gesellschaft in der Tuillerie spazieren, zu welchen er sagte: Ich wette mit euch was ihr wollet, daß ich auf der Stelle dem Bechamel *). den ich in dem grossen Gang spazieren sehe, einige Fußstösse auf seinen Hintern geben will; ja ich wette so gar daß er mir vor meine Höflichkeit noch sehr danken solle. Da ein jeder glaubte, der Roquelaure verspreche mehr als er halten könne, und daß dieses nur eine Prahlerey seye, die er auszuführen nicht so närrisch seyn würde, wettete man blos wegen der Besonderheit der Sache zwanzig Pistolen. Als die Wette ge-

E 4 sche-

*) Es ware dieser der Günstling und Haushofmeister des Herzogs von Orleans, des Königs Bruders, der die Kunst besasse sich grossen Reichthum zu erwerben, und der vor Hochmuth fast närrisch ware.

ſchehen und durch die dritte Hand beſtättiget worden,
trennte ſich der Roquelaure von ſeiner Geſellſchaft
und gabe dem hochmüthigen Bechamel ſtarke Fußſtöſſe auf den Hintern; indem er ſolche aber demſelben aus allen Kräften beybrachte, ſchrie er mit lauter Stimme: So finde ich dich doch einmal
mein lieber Herzog von Grammont, es iſt ja
beym tauſend ſchon ein ganzes Jahrhundert
daß ich dich ſuche. Als der Bechamel ſich ſchnell
umkehrte damit er ſehen konnte woher dieſer grobe
und dreiſte Grus komme, ſtellte er ſich als wenn er
ſeinen Irrthum gewahr würde, und ſagte: Ach!
wie erſtaune ich! ſeyd ihr es dann Herr Bechamel? Poß tauſend ich bitte euch tauſendmal um
Vergebung, ich glaubte nicht daß ihr es ſeyet;
ihr ſehet dem Herzog von Grammont ſo ähnlich, daß ich mich allezeit hierinn irre. In der
That, wer ſollte euch nicht vor ihn halten?
ihr habt ſeine Geſtalt, ſein Weſen und alle ſeine Manieren. Da der Herzog von Grammont
der wohlgeſtalteſte Herr bey Hofe war, ſo beleidigte
dieſes den Herrn Bechamel gar nicht, vielmehr ſchmäuchelte es ſeiner ſchnöden Eitelkeit und brachte ihm
eine ſehr vortheilhafte Einbildung von ſeiner Geſtalt
bey, die ſo heßlich als des Herzogs von Grammont
ſeine annehmlich ware. Dahero, anſtatt daß er
über die Fußſtöſſe hätte erzürnt ſeyn ſollen, freuete
ihn vielmehr die Urſache die ihm ſolche zugezogen,
daß er dem Herzog in ſehr erkenntlichen Ausdrücken
deswegen dankte, und ſagte, daß er ſich hieraus
eine groſſe Ehre mache.

Die

Die Herren welche gewettet hatten und bey dieser
Begrüssung gegenwärtig gewesen, verlohren also
ihre Wette; es reuete sie solches aber nicht, dann
dieses Lustspiel vergnügte sie nicht wenig, und da
dieses bald bekannt wurde, lachte ein jedes auf Un-
kosten des Bechamels.

Die achtzehende Begebenheit.

Die kühne Zweydeutigkeit.

Der Herzog von Roquelaure ware an einem Morgen bey dem Aufstehen des Kronprinzen, wobey er sich öfters befande weil ihn dieser Prinz sehr
liebte und an allen seinen Scherzreden ein besonderes
Vergnügen hatte, indem ihm der Roquelaure alles
was bey Hof und in der Stadt lustiges vorgienge
sehr aufrichtig erzählte, und um demselben Vergnügen zu erwecken die Umstände auf eine so lustige Art
verschönte, daß dieser Prinz von ganzem Herzen
hierüber lachte. Als der Roquelaure, sage ich, an
einem Morgen sich in des Dauphins Zimmer befande, da dieser Prinz noch im Schlafrock ware, be-
klagte sich dieser Herr, es seye nun aus Vorsicht
oder aus Wirklichkeit, öffentlich, daß der Geruch bey
dem Herzog sehr leiden müsse.

Da nun dieser Fürst seine Gedanken denen Personen mit welchen er vertraulich umgienge, sehr offen-

herzig

herzig entdeckte, ſo ſagte er auch zu dem Herzog:
Entfernt euch ein wenig Roquelaure, dann
ihr riechet ſehr übel. Es konnte dieſes ohne Wun-
derwerk wahr ſeyn, weil der Herzog faſt keine Naſe
gehabt und das wenige das er hatte einen groſſen Geſtank von ſich gabe, wesmegen auch ſchon viele Leute
mit ihm geſtritten; ſein lebhafter, ſcharfer und fer-
tiger Verſtand verſchafte ihm aber allezeit einigen ſinn-
reichen Scherz, wodurch er diejenige ſo ihm ſeinen
Geſtank vorwarfen, beſchämte. Selbſt der Kronprinz
ware hiervon ſo wenig als andere ausgenommen; dann
er hatte kaum geſagt daß der Herzog von Roquelaure
ein wenig weichen ſollte weil er übel rieche, als ihm
derſelbe wie gewöhnlich ganz kaltſinnig ohne Verwirrung antwortete: Monſeigneur, ich bitte um
Vergebung, ihr riechet übel und nicht ich. Alle
andere Herren, die gekommen waren dem Dauphin
ihre Schuldigkeit zu erweiſen, verwunderten ſich
über dieſe dreiſte Antwort: und der Kronprinz, obwol er ein Liebhaber von Kurzweil ware, dagegen
aber das, womit man ihn ärgerte und die Gränzen
der ihm gebührenden Ehrfurcht überſchritte, nicht
leiden konnte, wußte ſelbſt nicht auf was Art er dieſe Antwort aufnehmen ſollte, als ihm der Roquelaure dieſelbe erläuterte und zu verſtehen gabe, daß wirklich niemand der einen üblen Geruch von ſich
gebe, davon eine Beſchwehrung habe, indem
dieſes nur diejenige, die bey einem ſolchen
ſeyen, riechen könnten, und ihm derohalben
Se. Königl. Hoheit Unrecht thäten wann ſie
ſagten daß er übel rieche, weil er ſchwören könnte, daß er nicht das Geringſte rieche. Durch dieſe
ſehr

sehr sinnreiche Zwepdeutigkeit fande er ein Mittel sich
zugleich zu entschuldigen; den Prinzen, der, obwol
er von Natur gut ware, doch bereits die Stirn ge=
runzelt hatte, lachend zu machen, und die Spitzfin=
digkeit seines grossen Geistes von allen die gegenwär=
tig waren, bewundern zu lassen.

✳✳✳✳✳✳✳✳✳✳✳✳✳✳✳✳✳✳✳✳✳✳✳✳✳✳✳✳

Die neunzehende Begebenheit.

Der schlecht belohnte Antrag, oder die Haarkrämerin.

Des verstorbenen Kronprinzens von Frankreich,
des einigen Sohns Ludwig des XIV. Aufent=
halt zu Strasburg vor Eröfnung seines Feldzugs
am Rhein, hat zu so vielen artigen Begebenheiten
Gelegenheit gegeben, daß ich ein ganzes Buch schrei=
ben müßte, wann ich alle beschreiben wollte. Da
sie aber die lustige Begebenheiten des Herzogs von
Roquelaure nicht betreffen, da doch solche der Haupt=
zweck dieses Tractätgens sind, so will ich nur eine
erzählen, die sich zu Strasburg mit einer jungen
Deutschen zugetragen, welche wie ihr sehen könnet,
nicht einfältig ware, indem sie dem einigen Sohn
Ludwigs des XIV. Begierde erwecket und den Her=
zog von Roquelaure, der ihr einen allzu reuterischen
und unhöflichen Vortrag gethan, abgewiesen hat.

Der Durchlauchtigste Dauphin wurde in der
Hauptstadt des Elsas mit aller seiner hohen Geburt
gebüh=

gebührenden Höflichkeit und Pracht empfangen; mit
einem Wort, es wurde nichts verſpahret, dieſen zu‐
künftigen jungen Helden auf das prächtigſte zu be‐
willkommen; der Rath, Adel und Damen bemühe‐
ten ſich demſelben Vergnügen zu verſchaffen, und
ihm zu zeigen wie ſehr ſie das Glück ſeiner Gegen‐
wart rühre.

Alle junge Herren von ſeinem Gefolge machten bey
ihrer Ankunft zu Strasburg viele Eroberungen, da‐
mit ſie das Sprüchwort welches gemeiniglich ſagt
daß die Veränderung der Speiſe die Luſt ver‐
mehre, in die Erfüllung brachten; dann als ſie ge‐
höret hatten, daß das andere Geſchlecht daſelbſt ſehr
ſchön und die Damen und deutſche Burgersfrauen
allda überaus geſellſchaftlich und alſo weit entfernt
ſeyen gegen die Perſonen die ſie aufrichtig liebten,
grauſam zu ſeyn, vergaſſen ſie auf einige Zeit ihre
Franzöſiſche Liebſten, damit ſie ihre lange Weile mit
den Deutſchen verkürzen konnten, während der acht
Tage die ſich der junge Prinz in dieſer prächtigen
Stadt, wo er bey dem Herrn Marquis von Huxelle,
der daſelbſt Gouverneur ſtatt des Herrn von Chamilly
ware, Quartier genommen, aufhielte, bis alle Vor‐
kehrungen zu des Feldzugs Eröfnung, die im Monat
October 1688. durch die Belagerung von Philipps‐
burg geſchahe, gemacht worden. Man kann verſi‐
chern daß Strasburg durch die groſſe Anzahl der
hohen Perſonen die daſelbſt verſammelt waren, ein
kleines Paris wurde. Die Spiele, Lachen, Bälle,
Comödien, und alle Ergötzlichkeiten ſind daſelbſt in
Menge zu ſehen geweſen, welche zu gleicher Zeit tau‐
                                              ſend

send der schönsten und lustigsten Begebenheiten von
der Welt verursachet.

Der junge Prinz, ist wie man weiß bey den Ergötzlichkeiten der Liebe nicht unempfindlich gewesen,
obwol einige glaublich machen wollen, daß er zu der
Galanterie keine so starke Neigung wie sein Königl.
Herr Vater gehabt; man darf aber nur seine Liebe zu
der Gräfin von Morer, die seitdem Gräfin von Roure
wurde, mit welcher er auch zwey Kinder gezeuget,
betrachten, so wird man überzeuget seyn, daß er
sowol als andere gewisse Regungen empfände, die
ihm zu erkennen gaben, wie er bey dem Liebesspiel
nicht unempfindlich und kein Feind des schönen Geschlechts seye. Als dieser junge Held, sage ich, sahe daß sein ganzer Hof, der aus dem Auszug der
wohlgestaltesten jungen Herren aus den vornehmsten
Häusern Frankreichs bestunde, die ihn als Freywilli-
ge in dem Lauf seiner heldenmüthigen Thaten verge-
sellschaften wollten, sich unter die Fahnen der Ve-
nus begeben, dachte er nach ob er auch verliebt werden wollte, indem er sich schämte müßig zu seyn, da
alle artige Jugend seines Hofs tausend entzückende
Vergnügen schmeckte, und alle Schönheiten die auf
die Eroberung seines Herzens einen Anspruch machen
konnten, sich öffentlich über seine grosse Unempfind-
lichkeit beschwerten. Vielleicht besorgte er die traurige Folgen eines Bündnisses, das seine geliebte Gräfin von Roure, der er die Treue versprochen hatte,
beleidigen konnte, welches verursachte daß er die
Strasburgische junge Schönheiten ganz gelassen an-
sahe, und überdies befürchtete er seinen Ruhm den
er

er in dem Kriege erwerben würde zu beflecken, oder daß er ſich von ſeinem lieben Herrn Vater, der ihn zu Einnehmung der Plätze am Rhein und nicht zu Beſtürmung der Straßburgiſchen Schönheiten abge= ſchicket, einen Verweis zuziehen möchte; deswegen ver= theidigte er ſich länger als vier und zwanzig Stunden wider die Anfälle der Liebe als ein Verzweiffelter, da er aber endlich eines ſo gewaltſamen Widerſtands müde wurde, lieſſe er ſich durch die angenehme Rei= zungen einer anbetenswürdigen Schönheit bezwingen. Ich kann von derſelben alſo reden, weil ich ſie geſe= hen und gekannt habe; ſie lebt noch und iſt an einen reichen Freyherrn im Elſas verheyrathet, der mit groſſen Verdienſten und Tugenden begabt iſt: da es nöthig iſt die Perſon, welche dem Erben von Frank= reich ein zärtliches Feuer einflöſen konnte, näher zu erkennen zu geben, ſo iſt hier ihre Abſchilderung.

Die Jungfer K * * * ware damals ungefähr acht= zehn Jahr alt und hatte eine mittelmäßige Gröſſe, aber ſehr wohl gewachſen, gerade und ſehr gelenk. Ihre Farbe war weisgelb und hatte ſo lange nach Strasburger Art geflochtene Haare, daß ſie faſt auf die Erde reichten, ſie hatte groſſe blaue Augen, eine zarte und angenehm vermiſchte Leibesfarbe, ei= nen ſchönen Mund, roſenfärbige Lippen, ziemlich weiſſe Zähne, und eine wohlgeſtalte Naſe die des Kronprinzens ſeiner bey nahe ähnlich, das iſt: ein wenig bucklich, ware; ſie hatte eine ſtarke Bruſt von einer verblendenden Weiſſe, artige Hände, runde und wohlgeſtalte Aerme, und einen langſamen und wohlbedächtlichen Gang, wie alle Strasburgi=

ſche

sche Schönen. Was ihren Verstand betrift, so
ware sie wider die Gewohnheit ihrer Landsleute gleich
mit einer schlimmen und boshaften Gegenantwort
fertig; wann sie wollte ware sie verdrüßlich anzuse-
hen und doch konnte sie zu gleicher Zeit eine Lebhaf-
tigkeit zeigen, welche ihr auf einmal ein wundersa-
mes Feuer gabe. Sie redete gut Französisch, und
sprache mit einer solchen Fertigkeit und Anmuth, daß
man aus ihrer recht guten Aussprache kaum erkennen
konnte, ob sie eine Deutsche oder Französin ware;
dann ihr Vater welcher der reichste Bürger in der
Stadt und dortigen Gegend gewesen, hatte, da sie
die einzige Erbin aller seiner grossen Güter ware, zu
ihrer Auferziehung von ihrer zärtesten Jugend an, alle
mögliche Sorgfalt angewendet und nichts verspahret
sie zu einem Muster der Vollkommenheit zu machen;
man kann auch sagen, daß sie so viele Vorzüge, Tugenden und Eigenschaften hatte, daß solche statt einer hohen Geburt, die doch nicht sehr niedrig gewesen da ihr Vatter einer der vornehmsten Rathsher-
ren die man in Deutschland Patricios nennet, ware, dienen konnten. Hiernächst spielte sie vortreflich
auf der Laute, hatte eine angenehme Stimme, san-
ge nach der Thonkunst und tanzte sehr geschickt. Sehet dahero, ob das Herz des jungen Fürsten so vielen Vorzügen, die mehr eine kleine Gottheit als eine
sterbliche Person bildeten, entgehen konnte; er vertheidigte sich auch nicht lange; dann dieselbe sehen,
lieben und die Erlangung der letzten Gunst zu begehren, ware eins. Aber er muste sehr nachgeben, als
er zu seiner Verwunderung erfuhre, daß die junge
Schönheit nicht weniger tugendhaft als liebenswürdig

dig ſeye. Wir wollen aber jetzo erzählen wie er ſich in dieſelbe verliebet.

Der Durchl. Dauphin bemerkte den Tag nach ſeiner Ankunft zu Strasburg die Jungfer K * * * welche alle andere die ihn ſpeiſen ſehen wollten an Schönheit und Anmuth übertrafe; er unterſchiede ſie auch von dem ganzen Haufen, und da ſie gerade gegen ihm über Platz genommen, ſo betrachtete er ſie ſo lang er ſpeißte ſehr aufmerkſam, welches ſehnliche Anſchauen ihm zu erkennen gab, daß ihre Schönheit einen Eindruck in ſein Herz gemacht habe; die Jungfer K * * * verſtunde auch dieſe ſtumme Sprache ſehr wohl; als nun beyderſeitige Blicke einander von ungefähr begegneten, wurde ſie auf einmal roth und ſchluge die Augen aus Ehrfurcht nieder. Alles dieſes aber machte den Prinzen nur noch hitziger; jedoch lieſſe er ſich nichts davon merken, damit diejenige, welche auf ſeine Aufführung und Handlungen Acht zu geben Befehl hatten, keinen Verdacht von ſeiner Leidenſchaft ſchöpfen ſollten; ſobald aber die Tafel aufgehoben ware, ſagte er, daß er tanzen und denen Strasburgiſchen Schönen einen Ball geben wollte. Bis man das Zimmer helle machte und die Muſici ihre Inſtrumente ſtimmten, rufte er ſeinem Günſtling dem Herzog von Roquelaure, zu dem er, als er ſich demſelben näherte und ihm die Jungfer K * * * zeigte, ſagte: Potz tauſend Roquelaure, betrachte mir ein wenig dieſe kleine Deutſche; und geſtehe mir mit daß ſie anbetenswürdig ſeye und daß alle unſere Hofdamen ihr an Schönheit nicht gleichen; betrachte ein wenig dieſe ſchöne Lei-

bes-

besgeſtalt, dieſe Geſichtszüge, dieſe funkelnde
Augen, dieſe Farbe; haſt du in deinem Leben
was Reitzenders geſehen? In der That, antwortete der Herzog, ich finde ſie ganz liebenswürdig; dieſes iſt ein gutes fettes Hühnchen, das
gut zu eſſen ſeyn wird: bekommt ihr Luſt dazu?
wollet ihr etwa heute noch einen kleinen Schen-
kel davon koſten? Ich geſtehe euch frey daß mir
ſelbſt das Maul waſſerich wird. Ach Roquelaure, unterbrach ihn der Dauphin, ſchmäuchle
mir nicht daß ſie mir ein wenig geneigt ſeyn und
mich glücklich zu machen einwilligen werde; ich
leſe in ihren Augen mein Todesurtheil und be-
fürchte daß ſie nur Verachtung und Strenge gegen mich heget. Ey! ey! ſehet meinen Liebhaber der gleich verzweiffelt; faſſet ein Hertz mein
Prinz, fügte der Herzog hinzu, wafnet euch
mit Standhaftigkeit und keiner menſchlichen
Schwachheit; ich kenne ſehr viele Damen, die
ſich vor höchſt glücklich ſchätzen würden, wann
ſie vor euch die Seegel ſtreichen und euer Begehren bewilligen dürften, und ihr verzweifelt wegen der Eroberung einer ſchlechten Bürgers-
tochter. Ich, der ich mit euch rede, wette daß
ich ſie euch ſo biegſam wie einen Handſchuh machen will, man hat mir von ihr ſchon Nachricht
gegeben; glaubet mir, ſie iſt weder ſo grauſam
noch ſo unbändig wie ihr euch einbildet; wann
ſie auch eine Lucretia und von Tugend ganz aus-
geſtopft wäre, ſo glaubet mir, daß die Ehre
von einem Printzen wie ihr ſeyd, geliebet zu werden, für eine junge Perſon eine ſo ſchmäuchel-

F   hafte

hafte Sache sey, daß ich mir unter tausenden
kaum eine zu finden getraute, welche hierdurch
nicht gerühret werden sollte. Das ist gut, sagte der Kronprinz, so glaubest du daß sie meine
Liebe begünstigen werde? Das ist nur allzu gewiß, versetzte der Herzog, redet allein mit ihr, so
werdet ihr sehen ob ich lüge. Ich, fiele ihm der
Dauphin in die Rede, ich sollte vor so vielen Leuten die mich ohne Unterlaß beobachten, und im
Angesicht so vieler beschwerlichen Aufseher mit
ihr reden? dießmal nicht, wann du sie aber ein
wenig ausforschen und sehen willst, ob sie geneigt seye mir freundlich zu begegnen, so wirst
du mir ein besonderes Vergnügen erwecken; ver-
sprich ihr meinethalben was du willst, ich lasse
dir hierinn den freyen Willen, und alles was du
ihr bewilligest werde ich mir gefallen lassen. An
dem liegt nichts, gab der Herzog zur Antwort, Prinz
ihr sollet vergnügt seyn.

Hierauf verliesse er den Erben von Frankreich,
und nachdem er einigemal auf und ab gegangen ware,
damit man seine Absichten nicht bemerken sollte, näherte er sich der jungen Deutschen, (welche die Unterredung des Prinzen mit seinem Vertrauten wohl bemerket hatte, indem alle Damen von dem ausserordentlich schönen Dauphin kein Auge verwendeten,)
machte dieser Schönen ein kurzes aber sehr nachdrück-
liches Compliment, lobte ihre Gestalt, ihren Verstand und ihre Schönheit in sehr höflichen Ausdrucken,
worauf er nach einigen kurzen Reden unvermerkt auf
das Capitel vom Dauphin kame und ihr nach einem
kurzen

kurtzen Eingang., der sie nur aufmerksam machen und
die Bewegungen ihres Herzens entdecken sollte, die
Leidenschaft welche der Printz wegen ihr empfande, be=
kannt machte. Diese Erklärung verursachte der Jung=
fer K *** zwar eine Röthe, da sie aber dieselbe nicht
verwirrt machte, dankte sie dem Hertzog vor die gnä=
dige Gesinnungen welche der Printz vor sie hätte.

Dieweil aber eine so kostbare Eroberung ihrem Ehr=
geitze schmäuchelte und sie in dem Innersten ihres Her=
tzens eine gantz besondere Freude wegen dem Vorzug
den ihr der Printz erwiese, indem er dieselbe unter ei=
nem grossen Haufen von Schönheiten erwählet, hat=
te, fienge sie an nach und nach freundlicher zu werden,
da sie sich nicht einbildete, daß eine so höfliche Erklärung,
die sie nur für Wirkungen einer blosen Höflichkeit hiel=
te, strafbare und gefährliche Absichten haben solle. Aber
der Roquelaure welcher ein schlauer Kopf ware, lenk=
te alles zu seinem Nutzen und setzte ihr sehr ernsthaft zu;
da sie demselben trauete, sagte sie ihm mit der denen
Deutschen angebohrnen Aufrichtigkeit alles was in
ihrem Hertzen vorgienge, welches dem Hertzog Gele=
genheit gegeben sie in sein Netze fallen und gestehen zu
lassen, daß sie den Printzen liebe, da er ihr in die
Rede fiele und sagte: Mademoiselle ihr liebet ihn,
verberget mir es nicht; und diese junge Schönheit
ihm darauf antwortete: Ich müßte gantz unem=
pfindlich seyn, wann ich was liebenswürdig
und angenehm ist nicht liebte und von der An=
muth eines Fürsten der die Lust Frankreichs ist,
nicht gerühret würde. Es ist wahr, fuhr sie
fort, ich liebe ihn; und auf was für eine Art

könnte

könnte ich mich deſſen entſchlagen, da uns ſeine
Durchl. Perſon, ſeine Tugenden und vortrefliche
Eigenſchaften, ſo herrlich abgeſchildert worden.
Alles, was ihr da ſaget, Mademoiſelle, unterbrache ſie der Herzog, iſt im höchſten Grad ſinnreich und ſchmäuchelhaft; wann ihr aber das,
was ihr mir eben zu erkennen gegeben, in eurem
Herzen fühlet, ſo müſſet ihr ernſtlich trachten
den verliebteſten Prinzen, der aus Liebe zu euch
ſchmachtet, wegen dem Uebel welches ihr ihm
verurſachet, zu tröſten. Es liegt nur an euch
ſein Glück zu machen; mit Wenigem, damit
ihr geneigt ſeyd ihm wohl zu wollen und ſeine
zärtliche Regungen zu begünſtigen, hat er mich
abgeſandt Mademoiſelle euch ſeinetwegen der
getreueſten und zärtlichſten Liebe zu verſichern,
und euch zu gleicher Zeit fünf hundert Louis d'
Or anzubieten, wann ihr erlaubet, daß er euch
in einer geheimen Unterredung ein Haar aus ....
ausreiſſe. Mein Herr! antwortete die ſchlaue
Deutſche ohne Verwirrung über einen ſo groben
und unartigen Vortrag, trotzig: Ich bin eurem
Prinzen für die Gütigkeit welche er mir erwieſen
höchſtens verbunden, und auch euch danke ich
vor die Mühe daß ihr euch ein ſo unverſchämtes
Geſchäft auftragen laſſen; aber ſaget dem
Dauphin daß ich nichts einzeln verkaufe, wann
er aber alles um den nämlichen Preis wolle, ſo
würde ich mir ein groſſes Vergnügen daraus machen, ihm meinen Kram im Ganzen zu über-
liefern. Dieſe Antwort, welche die junge deutſche
Plauderin ganz trocken heraus ſagte, machte den Her-

zog von Roquelaure überaus verwirrt, welcher ohne
ein Wort darauf zu antworten ganz beschämt fort-
gienge, damit er dem verliebten Prinzen von dem
Fortgang seiner Unterhandlung Nachricht geben und
die Gegenwart des Geistes, mit welcher ihn diese junge Person so artig ausbezahlet, bewundern konnte.

Die zwanzigste Begebenheit.

Der Edelmann aus Auvergne.

Als der Herzog von Roquelaure einstens ohne Ge-
folg in einer von denen Kutschen die man wie
ihr wisset in der St. Thomasstraße des Louvre mie-
thet und in denen jedermann vor sein Geld willkommen ist, nach Versailles fuhre, wäre er schlecht angezogen, ein grosses Oberkleid bedeckte ihn von Kopf
bis auf die Füsse, und wie ihr euch einbilden könnet,
so ersetzte sein gutes Ansehen seine geringe Kleidung
sehr schlecht. In diesem Aufzug und seinem bis auf
die Augen tief eingesetzten Hut, setzte er sich in eine
Ecke der Kutsche ohne auf seine Reisegefährten Acht
zu geben. Einige Zeit aber hernach wurde er durch
die Heßlichkeit des ihm gegen über sitzenden durch eine
schnelle Wirkung der Simpathie bestürzt, welches
unsern Herzog veranlaßte daß er mit demselben eine
Unterredung angefangen, und ihn nach seinem Namen, seinem Land und den Ursachen die ihn beweg-
ten nach Versailles zu gehen, befraget, worauf er
vernahme, daß dieser ein reicher Edelmann aus Auver-

F 3   gne

gne ſeye, den ein Proces nöthigte aus ſeiner Provinz
zu gehen. Dieſen Proces führte er wider die General‐
pachter und viele zu ſeinem Vortheil ergangene Ur‐
theile bewieſen die Gerechtigkeit ſeiner Sache. Es
betraf eine Bezahlung von hundert tauſend Thalern
welche ſeine Gegnere ſeit vielen Jahren verzögerten,
indem ſie allerhand Kunſtgriffe hervorſuchten. Der
arme Auvergner reiſte deswegen ſo oft nach Verſailles
damit er ein Urtheil des Staatsraths gegen ſeine
Gegner erlangen möchte; er wäre aber in Gefahr
geweſen zu ſterben ehe er das Ende ſeines ewigen Pro‐
ceſſes erlebet, wann ſich nicht der Herzog von Roque‐
laure ſeiner angenommen und ſich zu ſeinem Beſchü‐
tzer erkläret hätte. Nachdem dieſer die verdrüßliche
Erzählung von den verſchiedenen Kunſtgriffen die der
Edelmann ausgeſtanden, gedultig angehöret, ſagte
er: Das Verfahren eurer Gegner iſt ſehr unbillig;
ich ſehe wohl daß es euch nur an einer Hülfe fehlet
und daß dieſelbe ihr Anſehen und eure Schwachheit
mißbrauchen; ich will aber ſchon Rath ſchaffen. Der
König weiß ohne Zweiffel nichts davon, dann er iſt
ein allzugroſſer Feind der Ungerechtigkeit, als daß er
ſolches leiden ſollte. Kommet morgen frühe zu mir,
ich will euch demſelben vorſtellen wann er in die Meſ‐
ſe gehen wird, und ihr werdet ſehen daß wir das
Geheimnis finden werden eure Sache zu endigen.
Der Auvergner, der an der Perſon des Herzogs nichts
anſehnliches ſahe, glaubte mit einem aus dem Nar‐
renhauß Entflohenen oder wenigſtens einem großprah‐
lenden Gasconnier zu thun zu haben; da er ſich jedoch
deswegen erkundigen wollte, ſagte er zu ihm: Aber
mein Herr, an wen muß ich mich wenden, da‐
mit

mir ich von euch Nachricht bekomme? Zu mir
selbst, antwortete der andere, ich bin der Herzog
von Roquelaure, und es wird nicht schwehr
seyn mich zu finden. Auf diese Worte zoge der
Edelmann seinen Hut herunter, nannte ihn Monseigneur und bemühete sich alle Grobheiten die er be-
gangen zu haben glaubte, wieder gut zu machen. Aber
der Herzog sagte ihm: Macht kein Wesen, bedienet euch aller Bequemlichkeit, und denket
nur daran daß ihr morgen frühe zu mir kommet; ich bin kein Liebhaber von Complimen-
ten, ich habe Lust euch ein Vergnügen zu machen, dieses geschiehet aus gutem Herzen, dahero wollen wir alles übrige bey Seite setzen.
Indem er dieses sprache kamen sie an Ort und Stelle an, worauf ein jeder gienge wohin ihm beliebte.
Der über seinen Fund sehr erfreute Edelmann, hütete sich wohl die Mittel durch welche er zu Erlangung seines Gesuchs kommen sollte, zu vernachläßi-
gen, und fande sich deswegen bey Anbruch des Ta-
ges in dem Vorzimmer des Herzogs ein, damit er
denselben zu dem König begleiten konnte. Der Herzog schiene ganz vergnügt daß er denselben angetroffen,
nahme ihn bey der Hand und führte ihn in den grossen Gang, durch welchen der König in die Capelle
gienge und sobald er den Monarchen sahe schrie
er, indem er demselben den Auvergner zeigte: Sire,
sehet da einen Mann von Stand und Verdien-
sten dem ich viele Verbindlichkeit schuldig bin,
welcher genöthiget ist seine Zeit und Geld anzuwenden wegen eines Processes, den seine Gegnere eure Generalpachter durch ihre Kunstgriffe

F 4 zu

zu verewigen das Geheimnis gefunden, ohngeachtet aller Befehle die gegen ſie ergangen,
und durch welche ſie verurtheilet worden, ihm
hundert tauſend Thaler zu erſetzen. In Wahrheit Sire, die Ungerechtigkeit welche man
dieſem guten Edelmann erweiſet iſt himmel-
ſchreyend und gebet Ew. Majeſtät Ruhm an
deswegen Befehl zu ertheilen. Ich werde es
auch thun, ſagte der König, und zwar noch
heute.

Es nahmen ſich auch wirklich Seine Majeſtät der
Sache an, ſandten nach den Commiſſarien welche
hierüber urtheilen ſollten, und befahlen ihnen dem
Auvergner ſchnell Genugthuung zu geben und ihn zu
befriedigen. Denen Generalpachtern lieſſe der König durch den Miniſter einen Verweis geben und ſie
nöthigen alſobald die hundert tauſend Thaler die ſie
rechtmäßig ſchuldig waren, nebſt allen Unkoſten die
ſie durch ihre Kunſtgriffe verurſachet, zu bezahlen.
Nachdem alles dieſes geſchehen und der Herr von
Roquelaure dem König deswegen dankte, fragten
ihn Seine Majeſtät: Was ihn bewogen ſich dieſes Mannes ſo ſehr anzunehmen? Nichts, ſagte der Herzog, und ich habe ihn niemals gekannt,
als den Tag da er mit mir in einer Miethkut-
ſche fuhre. Was! antworteten Seine Majeſtät,
ihr hattet ihn niemals geſehen? wie könnet ihr
ihm dann viele Verbindlichkeit ſchuldig ſeyn.
Ach Sire! ſchrie alsdann der Herzog, ſehen dann
Ew. Majeſtät nicht, daß ich ohne dieſen Un-
geſtalten der beßlichſte Menſch in Frankreich
wäre!

wäre? Jst etwa das nicht Verbindlichkeit ge=
nug? Hierdurch erreichte der Herzog seinen Zweck
der auf das Vergnügen des Monarchens abzielte., in=
dem er den König durch diesen Einfall zum Lachen be=
woge. Man belustigte sich bey Hofe so sehr hiermit,
daß die Sache endlich dem Auvergner zu Ohren ka=
me, der aber als ein vernünftiger Mann sich nicht
merken liesse daß er darauf Acht gabe und sich nur mit
seiner Erkenntlichkeit beschäftigte. Einige Tage her=
nach gienge derselbe nach Paris um seinem Wohl=
thäter, der auch dahin gekommen, seine Dankbar=
keit zu zeigen. Als der Edelmann vor dem Pallast
des Roquelaure anlangte, sagte ihm der Schweitzer
daß der Herr in Gesellschaft speise und er jetzo nicht
mit ihm reden könne; er bate aber denselben daß er
ihn anmelden möchte und versicherte daß der Herr
Herzog ihn gerne sehen würde, worauf ihm sein in=
ständiges Begehren verwilliget und auch wirklich Be=
fehl ertheilet wurde, ihn einzulassen, indem der Herr
von Roquelaure erfreut ware, daß er denen die mit
ihm schwelgten einen heßlichern als sich zeigen konnte.
Nachdem der Auvergner in das Zimmer wo die Ge=
sellschaft ware, getretten, hielte er in Gegenwart
derselben eine sehr schöne Rede über die Großmuth des
Herzogs und über die Erkenntlichkeit die er Zeit seines
Lebens gegen denselben haben würde, und am Ende ei=
ner jeden Schlußrede sagte er indem er sich gegen den
Herzog wandte: Monseigneur, GOtt erhalte
euch das Gesicht. Nach Endigung seiner Rede
nahme er von dem Herzog Urlaub, der ihm viele
Merkmaale der Freundschaft gabe, und welcher, so
bald dieser fortgegangen, sich sehr rühmte daß ihn

der

der Auvergner an Heßlichkeit übertreffe. Dieſes iſt
wahr, ſagten ſeine Gäſte; aber warum rhate dann
dieſer Mann am Ende ſeiner Schlußreden
Wünſche vor die Erhaltung eures Geſichts.
Der Herzog der dieſes nicht bemerket, befahle denſelben zuruck zu rufen. Man eilte deswegen nach dem
Edelmann, und als man ihn zurückgebracht, fragte ihn der Herzog, weswegen er den Himmel ſo
fleiſſig um die Erhaltung ſeines Geſichtes bitte?
Dieſes geſchiehet, antwortete der andere ohne Verwirrung, Monſeigneur, weil mich däucht,
daß wann ihr ein blödes Geſicht bekommen
ſolltet, eure Naſe zum Brillentragen nicht
wohl taugen würde. Dieſe obwol ein wenig küh-
ne Antwort ware nach dem Vergnügen des Herzogs
und noch mehr derer die mit ihm ſpeißten, welche
ſehr froh waren, daß unſer Roquelaure auch einen
Stich und doch keine Wunde bekommen hatte. Alle
liebkoßten dem Auvergner auf tauſenderley Art, man
lieſſe für ihn ein Gedeck bringen und wollte mit aller
Gewalt daß er mit Geſellſchaft halten ſolle. Es wurde bis Abend Tafel gehalten, und da der Edelmann
Verſtand hatte, ſo truge er ſehr vieles zu dem Vergnügen der Mahlzeit bey. Endlich reißte er mit
Gütern, Ehren und Höflichkeiten überhäuft in ſeine
Provinz zurück: und das Beſonderſte in dieſer Begebenheit iſt, daß er alle dieſe Vortheile ſeiner
auſſerordentlichen Heßlichkeit zu danken hatte.

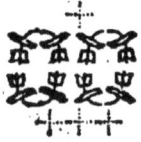

Regiſter

Register

über die in diesem Tractätgen enthaltene
lustige Begebenheiten.

Die

Register.

Die vierte Begebenheit.

Die fünfte Begebenheit.

Die sechste Begebenheit.

Die siebende Begebenheit.

Die achte Begebenheit.

Die neunte Begebenheit.

Die zehende Begebenheit.

Die

Register.
Die eilfte Begebenheit.

Die